やっと見つけた手ごたえのある生き方

人生百年時代のバケットリスト

渡邊一雄 著

はる書房

本書は二〇一三（平成二十五）年三月に刊行された『77歳のバケットリスト――人生いかによく生きよく死ぬか――』を改題し、刊行するものである。刊行に際し、修正のほか内容の増補をおこなっている。

刊行によせて――「笑い」という究極のフィランスロピー――

イシハラクリニック院長／医学博士　石原結實

渡邊一雄氏（僕は彼を〝一雄先生〟と呼んでいます）との出会いは、かれこれ三十年前になります。一雄先生は、石原慎太郎氏の大学の後輩ですが、石原氏も都知事時代、僕が開発したにんじんジュースダイエットを実践されていました。

そんなご縁で一雄先生が初めて伊豆のヒポクラティック・サナトリウムに断食に来られたのは、一九九二年。五十代半ばでした。

第一印象は、第一線で活躍しているバリバリの企業戦士。ときおり見せる鋭い目つきは、いかにも切れ者といった感がありました。「サナトリウムの玄関のスリッパの並べ方がおかしい」などと、うちのスタッフを叱ったりされることもありました。

一雄先生は、いつも断食を達成して帰られるのですが、実は日常に戻るとリバウンドして、もとの体重以上になってしまう――それは、彼がどんな食べ物にも興味を示す健啖家《けんたんか》であったからでもあります。神様が決めた食事の量をこえてたくさん食べてしまうと、やはり、そこには神様の裁きがあるのです。

ですから、僕が会うときの一雄先生は、いつも太っておられました。ところが、会うたびに彼の印象は変わっていきました。適切な言葉が見つかりませんが、一言でいうなら、企業戦士がお坊さんになった、とでも言えばいいでしょうか。これは彼が本格的にフィランスロピーを始めたこととも無関係ではないと思います。本書の中で、彼は「断食をすることで自信がついた」と記されていますが、きっと、この時期に何か人生の手ごたえのようなものを掴まれたのでしょう。

今も彼は正月休みを利用して、サナトリウムに断食に来られます。そして、社会人落語家・三遊亭大王として断食仲間に一席ぶってくれます。笑いが健康にいいのは科学的にも立証されていますが、一雄先生にとって落語は本能的に行きついた究極のフィランスロピーだと、私は確信しています。笑いは人を幸せにします。

本書で一雄先生は、ご自身のバケットリストをあげておられます。「健康努力は断食から」

にはじまり、「最後は『ありがとう』の言葉でこの世を去りたい」で終わる十項目ですが、これは、僕の思いとほぼ同じです。詩歌、病気、健康、死、老い、人生、幸福、笑いなどの話題がぎっしり詰まっている本書は、渡邊一雄氏のフィランスロピーを極める途中の物語ともいえます。「ありがとう」までの道程は、まだまだ遠い！　一雄先生のこれからのさらなる活躍に期待しています。

はじめに

現在、私は八十四歳である。『77歳のバケットリスト』を出版してから七年が経ち、私の身辺も大きく変化した。妻と長男を亡くし、今は隅田川のほとりにひとり住む。男一人老後を生きていく寂しさは、こんなに堪《こた》えるものかと感じている。まして新型コロナにより人との接触が減り講演の機会もなく、新しい日常は孤独をさらに深めている。

孤独の寂しさは自由の楽しさで生きていくほかない。一人ゴルフ（熱海ゴルフ倶楽部）、一人囲碁（パソコン・パンダネット）、一人酒一人カラオケ（馴染みの居酒屋で歌と酒）、一人落語（寄席で）、一人散歩など案外楽しい。ただ孤食《こしょく》はわびしい。そんなときボランティアで知り合ったすばらしい友人と食悦《しょくえつ》（食べ歩き）する。

私の自慢はおいしく楽しいところを百カ所くらい知っていることで、食事で友人を喜ばすのも私の楽しみ。生き甲斐は三十年続けているフィランスロピー活動（講演）で、人を喜ばせて自分も楽しむことであり、「為己為人（ワイケイワイヤン：広東語）」が私のモットーである。
最近は出所者を支援する保護司会、宮古保護区協力雇用主（出所者を採用する）を強くサポートしている。歳をとればとるほど、フィランスロピー活動は明日も生きようという力を沸かせてくれる。こんなことを身体が続くかぎり続け、人生を終えようと思っている。どんな終え方をするかは、この本の最終章に私自身の「バケットリスト」で詳しく述べている。ご覧いただきたい。

どんな小さい花でも
せい一ぱい
咲いているのだ
だからかすかな自分でも
せい一ぱい
生きてゆこう　　坂村真民

二〇二〇年九月

著　者

0　『バケットリスト』に見る最高の人生の見つけ方

甦る『THE BUCKET LIST』

かつてボストンにあるMITスローンスクールの学生寮（エンディコットハウス）にいた頃、毎日、英語の難しさについていけず、のたうちまわっていた。忘れもしない、そのときに出会った奇妙な英単語がある。"THE BUCKET LIST"「バケツのリストって何だい」と同室のアメリカ人に聞いたところ、「それは『棺おけリスト』といって死期が決まっている人が棺に入る前にやりたいこと、見たいもの、体験したいことのすべてを書き出すリストのことだ」と教えてくれた。

あの日から約三十年が経って、突然この単語が私の目の前に現れた。『THE BUCKET

LIST』。日本語で『最高の人生の見つけ方』というタイトルの映画になって、日本に登場してきた。老人ホームの施設長を二〇〇八（平成二十）年三月に退職した私は、大学卒業後五十年ぶりに完全にフリーな生活に入った。そして、これから人生の終止符を打つまでに何をしようかと考えていた矢先なので、早速封切の日に有楽町にある丸ノ内ピカデリーに一人で観にいった。

人生で大切なものとは

ストーリーは、二人の七十歳の男性の余命の生き方の話である。二人の共通点は同年齢で末期ガン、余命六カ月と宣告されたこと。そして仕事の鬼で、仕事以外のことには振り向く意識も時間もなかったことである。

二人はたまたま病院で同室になった。一人はエドワード（エド）。大金持ちで、いつも人をどなりちらす短気者。四回結婚しすべて離婚。人間不信の塊。信仰心もなく、金以外何も信用しない。誰も見舞いに来ず、孤独。

もう一方のカーターは、入院する直前まで自動車修理工として働きつづけていた黒人男性。

秀才だったが貧しいために上級学校へ行けなかった、信仰深い真面目な人。妻と三人の子供に愛され、彼らはいつも見舞いに来ている。カーターはこの人たちを支えるために自分の欲望をすべて殺して仕事一本で生きて来た人物だ。

まるで対照的な二人は同室なので最初から事あるごとに大口論していたが、あるとき、エドが床に落ちていたカーターのバケットリストを見て大笑いした。そのリストの中には「荘厳な景色が見たい」、「泣くほど笑いたい」、「見知らぬ人に親切にして喜ばれたい」と書いてあった。エドは、「何だこれは！　どれもこれもたいしたことではないな」とからかいカーターを激怒させた。エドは「俺なら『スカイダイビングをする』、『ライオン狩りをする』、『世界一の美女とキスをする』がバケットリストだ、実行あるのみ」と叫び、いやがるカーターを連れて病院から飛び出した。二人は大金持ちのエドの自家用小型飛行機で冒険旅行に出発する。

まずスカイダイビングをする。アフリカでライオン狩りをしエベレストへ挑戦もする。そしてエジプトのピラミッドの頂点でシャンパンを飲みながら荘厳な景色を見つつ古代エジプト人の信念に思いを馳せ、生きることの重みを語り合う。

このとき二人には人生の化学反応のような何かが起こりはじめる。人生で大切なものは金でも旅行でもなく友人と家族だ。その関係を大切にすることができれば意味のある人生となると悟る。二人の冒険旅行が終わって間もなくカーターは死ぬ。

その葬儀の際、エドは「自分はカーターに出会って初めて人生の喜びを知った。人生は出会いに心を開くことが大切だ。カーターとの出会いを用意してくれた神に心から感謝したい」と語った。いつもは不信心な彼の弔辞は教会に集まった参加者の心を強く打ち、そこで映画は終わった。

あなた自身の「バケツのリスト」を

この映画は、私たちに自分のバケットリストは何かを真剣に考えたらどうかと問いかけているようである。私はかつて黒沢明監督の『生きる』を見たときと同じような印象を受けた。末期ガンの宣告を受けた市役所の市民課長が、死ぬ前に必死になって市民が望む公園を造る。雪のちらつく公園のブランコで「ゴンドラの唄」を歌い死んでいった彼の生き様（死に様）を思い浮かべたのである。

この映画から学ぶ悔いのない人生を送るためのヒントは、

① まず人生、思い残すことなく楽しめ。今からでも遅くはないということ。

② バケットリストを五年区切りでつくってみること。あと五年で死んでも悔いはないように生きる。そうした生き方を身につけることで人生にメリハリができ、充実した毎日が送れると諸富祥彦氏（明治大学教授、心理学）は言及している。

この映画の主役エドはジャック・ニコルソン（アカデミー主演男優賞三回受賞）、カーターはモーガン・フリーマン（アカデミー助演男優賞受賞）。二人の七十一歳の超名優の演技は息をのむようなすばらしさである。またユーモアと悲しみのバランスの演出は見事であった。

やっと見つけた手ごたえのある生き方◎もくじ

孤独で自由な時間

人に喜ばれる人生

どう老いる？　どう生きる？

今は我慢でいつか笑う

生の中に死もある

笑いのフィランスロピー

人生百年時代のバケットリスト

孤独で自由な時間

1――男の「おひとりさま」の繰り言

そうか、もう君はいないのか

「男」を八十四年もやって来た。

堂々と「俺は男だ」と胸を張って大手をふって生きてきた。特に私は岐阜県和知村の旧家で生まれ、古い風習がきちんと守られている所で育った。男尊女卑の習慣から、風呂に入るのも祖父が一番風呂に入り二番目が父、三番目が長男の私、その後に祖母、母が入ると決まっていた。長女だった家内も、姫路城下町の旧家に生まれたせいか「男子厨房に入らず」を守り、私が何か料理を教えてくれと言っても「それは女の仕事」「台所に入らないで」と言っていた。それをいいことに私は仕事一本で生きてきて、帰宅すれば「メシ」「フロ」「ネル」と叫び、「ハーイ」という返事で毎日が無事に終わっていた。

ところが最近妻を亡くし、いつものように大声を上げても何の返事もかえってこない。城山三郎の言葉を借りれば「そうか、もう君はいないのか」とつぶやく哀れな状況になった。家事ができないと生存の危険も出てくる。ゴミ屋敷の男の姿を見ても、明日はわが身と笑っていられない。家の雑事と思っていたことが、実は家の中がきちんとしていて初めて仕事ができるのだということが身に沁みて分かり、「俺は男だ」と叫んでいた昔の自分が滑稽に見えてきた。今まで「男らしい」と褒められた男性像は間違っていたのだろうか。

これからの夫婦関係

最近新しい男性像として、ＮＨＫ朝ドラの『あさが来た』のあさの夫、新次郎が取り上げられている。スーパーウーマンの背後には必ず素晴らしいハズバンドがいる。新次郎もその一人だが、私が以前から注目しているのはエリザベス女王の夫、サッチャー（英国）元首相の夫、ヒラリー・クリントンの夫の三人で、どんな夫婦関係を保っているのか知ってみたい。おそらくそういう男性は妻の弱さを知り尽くして、支え、守り、かばい、妻を誇りに思い、いつも激励している。控えめで静か、そして妻への競争心や劣等感や嫉妬から「女のくせに」と怒鳴ったり不機嫌になったりは絶対にしない。そして自分なりのやり方で全体を掌握し人に好かれている。

新次郎も妻においしいお茶を出すことを得意としているが、明治時代の男としては珍しい。女のわがままを許し、時には上手に逃げている。相当忍耐がいることだが、根底には相思相愛だからできることだろう。わたしもそのような夫婦関係を作ってみたいが、今はもう「おひとりさま」になってしまった。

何もできない男にならないために

人口問題研究所によると、二〇三五年には高齢者のうちなんと四十パーセントが「おひとりさま」になるという。二〇三〇年には男性の三人に一人が生涯独身になると言われている。女性の「おひとりさま」より男やもめは弱い。男が「おひとりさま」になってまず困るのは「家事」。家事を雑事とは言えなくなった。私にとっては大重要事である。健康的な食事作り、掃除、洗濯、支払い、納税処理、ゴミ出し、近所連絡——これらができて初めて社会で人間として扱われるが、すべて妻まかせの男は何もできなくて立ち往生するのだ。そして「病気」が怖い。孤独死の話を聞くと淋しくなる。「おひとりさま」が増える今後は大きな社会問題になっていくことだろう。

そこで妻のいる男に言いたい。妻に感謝し思いやりをもっと強くしてください。そして家事も少しずつ覚える努力をすること。「おひとりさま」の男に声をかけたい。人生ドラマの終幕には少しでも人を喜ばせて楽しく生きましょう。たまには私と一杯飲んで人生を語りませんか。

長命は　厳しき試練　寒椿　　一雄

2 ―― 東京大空襲の思い出

地獄の炎の下を逃げ惑う

忘れようとしても忘れられない地獄を見たのは一九四五年三月十日、東京大空襲の日。その時私は十歳で、日本橋浜町に住んでいた。今からちょうど七十五年前のことである。その日は、当時の大蔵省の官吏で軍政部軍属としてシンガポールに派遣されていた父が、命令により急遽帰国してきた日であった。

戦火の中をくぐって無事帰国した父を囲んで母と弟と四人で団欒、ささやかな夕食をしている時、突然けたたましいサイレンが鳴り響いた。それは米軍のB－29三百機が東京中心部の上空に現れて千七百トンの焼夷弾を落とし、約十万人を殺害した東京大空襲が始まるサインであった。急いで防空頭巾をかぶり防空壕に入った。一旦消火に飛び出した父がすぐ戻ってきて、「もう駄目だ早く逃げろ」と大声でどなった。外に出ると、空は夜なのに真っ赤で荒れ狂う炎に包まれていた。「明治座に逃げろ」と町内会長が叫んだが、明治座の方角は火の海で行けない。後で分かったことだが、明治座に行った私の友達や近所の人たちは全員死亡したようだ。

米機は低空飛行で機銃掃射をし、逃げ惑う人々を皆殺しにしていく。「もう死ぬ覚悟で走れ」と言って、父は我々に防火用水の水を「ざあっ」とかぶせ、火の中に飛び込ませた。そして隅田川にかかっている新大橋へ向かった。先頭を行く父が背負っている布団に火がついてメラメラ燃えだした。私と一歳下の弟が「お父さんカチカチ山だ」とからかった。あんな時にどうしてそんな言葉が出たのか。子供は案外怖いと思っていないのだ。

たくさんの遺体をまたいで新大橋に着くと人・人・人の波。大空襲で空気が上昇し、物凄い突風が吹いている。飛ばされまいと必死に欄干にしがみついた。そこから隅田川を眺めると、川に浮かぶ漁船に焼夷弾が落下し悲鳴を上げて川に飛び込む人たちの姿が見え、これは生き地獄だと思った。

命の恩人、巡査に助けられる

ふと気が付くと私は、がっちりした巡査の腕に抱かれていた。巡査の話によると、私が強風で吹き飛ばされて橋の下に落ち気絶しているのを、偶然そこにいた巡査が見つけたとのことであった。不思議なことだが私が落ちたところが枯草の上であったので、まったく無傷であった。若い巡査は私に一本の冷凍イモを渡し、手を引いて人込みでごった返す橋を何度も往復してくれたが、どうしても両親に会えなかった。翌朝、「これが最後だよ、見つからなかったら孤児の施設に渡すよ」と言ってまた橋を歩き出した。

橋の中ほどに来ると、髪を振り乱し鬼の形相で「カズオ、カズオ」と叫んでいる母に出会った。まったくの偶然。しばし涙の抱擁。一瞬我に返った時にはもうあの巡査の姿はなかった。あの人は神様だ。この恩は一生忘れない。東京は焼野原、浜町から宮城が見えた。

あれから七十五年

空は何と若草色だった。どういうわけかこの緑色の空であったことをしっかり誰かに伝えたいと思った。あの日から七十五年……生きぬいてきた。いや生かされているのは何故だろう。

「今日の平和は尊い犠牲の上にある。悲惨な戦争の惨禍を胸に刻みもう戦争はするべきでない」と次の世代にしっかりと伝えるのが永く生かされている高齢者の一つの使命ではないだろうか。

隅田川は何も知らないふりをして、早春の風をのせて今日も静かに流れている。

わが死後も　隅田の川は　春うらら　　一雄

3――日野原先生安らかに

百五歳での往生

私の人生の師、日野原重明先生の葬儀は二〇一七（平成二十九）年七月二十九日、東京・青山葬儀場で営まれた。その日は三十五度を越す猛暑であったが、約四千人が参列し、交流のあった皇后さま（現上皇后さま）も弔問された。

式はキリスト教式で、牧師の話のあと、葬送の讃美歌「いつくしみ深き」を合唱した。私も私の亡き母も大好きなこの歌を、日野原先生に届けとばかりに一生懸命歌った。そしてボランティアをたたえる「愛のうた」（日野原先生の作詞、作曲）をテノール歌手ベー・チェチョルさんが独唱した。先生はいつもボランティアをする人々に感謝していた。式の終わりは葬儀委員長で聖路加国際病院長の福井次矢氏の弔辞と、長男の日野原明夫氏のお礼の言葉で幕を閉じた。百五歳の人生を「命は人のために」と説き続け、高齢者に希望の灯をともし、「生き方上手」を教示した。

高齢者の星ともいえる一生は見事という他はない。明夫氏は死の直前、父は家族の一人ひとりに「ありがとう」「ありがとう」と言って息を引き取ったと話した。また、主治医である福井院長によれば、日野原先生は延命措置を一切拒んでいたので何もしなかった。子供のように好奇心が強く何でも挑戦したい人だった。百歳の時に俳句を始め、「目が覚めて　両手を挙げて　我百歳」という迷句（?）を残している。先生の好きな言葉は「許す」「出会い」「命」だったと。

先生がいつも私どもに語りかける言葉は「愛する　創《はじ》める　耐える　感謝の心」だったので先の言葉に少し違和感を覚えたが、やはり先生の考えるところはもっと深いものがあると悟った。先生は毎日「我に人を許す勇気とその力を与え給え」と祈っていたという。これはクリスチャンが必ず祈る「主の祈り」に入っている言葉で、私も心から共感するところである。また、「出会い」を重視することも意味が深い。私も亡くなった両親、妻、長男、友人の写真を見るにつけ、「あ、私の人生の中でこのような素晴らしい人々に出会ったことは幸せだった」と思う境地になり、だからこそ現在親しく交際している人々が一層大切に思えてくる。

先生の後押しで東大病院にボランティアを導入

先生との出会いはちょうど二十五年前、先生の八十歳の時であった。どうしても東大病院にボランティアを導入したいと思っていた私は、東大病院の責任者たちを聖路加国際病院にお連れし、日野原先生に会っていただいた。院長室に入るなり、先生は「こんにちは」とも言わず「東大の先生方よ。ぜひ、渡邊さんのすすめるボランティアを早く始めたらいかが！必ず成功しますよ」。この鶴の一声で東大病院はボランティア導入に踏み切ったと、東大の加我君孝医学部名誉教授が明言していることをここに記しておきたい。

日野原先生は私の人生の師であり親のような親近感で接してきた。私にとっては日野原教というものになっていて、「命とは〝自分が使える時間〟であり、自分の使える時間を、少しでも自分のためでなくほかの人のために使う時間である」と語りかけていた師の指針はいつも心の中で生きている。

玄関に飾ってある先生の素敵な笑顔の写真に向かって、「おはようございます。今日もがんばります」と毎朝、声をかけている。

日野原先生、深いご指導有難うございました。どうか安らかにお休みください。

師は天に　涙かみしめ　遠花火　　一雄

4 坂村真民の言霊

真民の詩に初めて触れる

ゴールデンウイークに畏友《いゆう》・藤尾秀昭氏（致知出版社社長）から、一冊の本が送られてきた。『坂村真民一日一言』という詩集である。「人生の詩、一念の言葉」と表紙に書いてある。読んでみて驚いた。

一つひとつの言葉が心の奥底に沁みるのである。私は過去十年間、千回以上人生の生き方についての講演をしてきたが、いつもこんな内容でいいのだろうかという気持ちに襲われる。平凡な私の人生観ではなく、セネカやゲーテ、吉田兼好や鴨長明、良寛、日野原重明、マザーテレサ、アンドレ・モロアなど天才が残した人生観の中で私どもが理解でき、実現できそうな内容を取り上げてきた。しかし、天才たちの言葉は真理をついているが凡人には分かりにくい。

だが九十七歳で永眠した真民の詩はどれを取り上げても胸を打つ。しかも人生の本質を分かりやすくついているのだ。これを講演で丁寧に取り上げたいと思った。「人生に口ずさむ言葉として」という真民の素晴らしい詩の一部をご紹介しよう。

真民の詩を味わう

①「友への詩」

「かなしみを／あたためあって／あるいてゆこう」

「かなしみをあたためて」ではなく、「あたためあって」と言っているところに深い意味がある。痛い時、「痛いかい？」、苦しい時、「苦しいかい？」と聞くより黙って傍にいて、時に「いたいでしょうね」、「苦しいでしょうね」と共感する人が最高の友人であると真民は明言している。

②「しっかりしろしんみん」

「しっかりしろ／しんみん／しっかりしろ／しんみん／しっかりしろ／しんみん／しっかりしろ／しんみん／しっかりしろ／しんみん／どこまで書いたら／気がすむか／もう夜が明けるぞ／しっかりしろ／しんみん」

平成十一（一九九九）年、九十歳の時の詩である。弱っていく自分を励ましている姿に感動する。真民は七百九十六冊の日記「詩記」（思索ノート）を残している。

③「落日」

「落日が知らせる／晩年の生き方」

「一生懸命その人なりに輝いて静かに沈んでいく」人生のあり方を示唆している。

④「生きるのだ」

「いのちいっぱい／生きるのだ／念じて念じて／生きるのだ／一度しかない人生を／何か世のため人のため／自分にできることをして／この身を捧げ／生きるのだ」

「為己為人の精神」――真民は「衆生無辺誓願度」の仏教の言葉を座右の銘としている。これを優しく訳すと、「自己中心を捨てて苦しんでいる人すべてに温かい手を差し伸べる」ということ。

⑤「あとからくる者のために」

「あとからくる者のために／苦労するのだ／我慢するのだ／田を耕し種を用意しておくのだ／あとからくる者のために／しんみんよお前は／詩を書いておくのだ／あとからくる者のために／山を川を海をきれいにしておくのだ／ああ後からくる者のために／みなそれぞれの力を傾けるのだ／あとからあとから続いてくる／あの可愛い者たちのために／未来を受け継ぐ者たちのために／みな夫々（それぞれ）自分で出来る何かをしてゆくのだ」

私はこの詩が大好きだ。繰り返し何度も読むと、深い味合いが出てくる。

⑥「何かをしよう」

「何かをしよう／みんな人のためになる／なにかをしよう／よく考えたら自分の体に合った／何かがある筈だ／弱い人には弱いなりに／何かがある筈だ／生かされて生きているご恩返しに／小さなことでもいい／自分にできるものをさがして／何かをしよう」

臨済宗円覚寺派管長横田南嶺氏も真民のこの詩を絶賛し、自ら『坂村真民詩集百選』を出版している。愛媛県松山市にある彼の記念館は真民氏のご息女が運営の一端を担っており、いろんな資料を見ることができる。ぜひ一度行かれることをお勧めしたい。

5――日本人のこころ――武士道に学ぶもの

中学生への問いかけ

わが老人ホームから歩いて十分ほどのところに、世田谷区立東深沢中学校がある。この中学校の校長先生から、「この三月末に卒業する三年生は百十名で全員高校に進学するが、その直前に何か彼らの将来のためになる話をしてほしい。『日本人のこころ』というテーマなどいかがですか」と言われた。一瞬、これは困ったと思った。デジャブではないが、十数年前アメリカ人に「日本人のこころとは何か」と聞かれ、立ち往生した日のことを思いだしたのである。

元国連事務局次長で第一高等学校校長であった新渡戸稲造も、ベルギーの法律の大家から日本人のこころについて聞かれ、即答ができず恥ずかしかったと記している。その後彼は「日本人のこころ」「日本人の道徳」について何度も何度も考え、明治三十二年（一八九九年。日露戦争の五年前で、新渡戸三十八歳）に『武士道』という本を書いた。まずアメリカで英語版が出版されたので一躍国際社会で有名になり、日本の道徳の価値を広く世界に宣揚した。しかし日本人にとっては何となく古い頑なな武士道論と思われ、とくに戦後は長らく敬遠されていた。

一方で、戦後日本へアメリカ文化が怒濤のごとく流入しそれが日本の主流になるにつれ、伝統ある古き良き日本人のあり方が崩れていった。そこでもう一度、新渡戸の『武士道』を見直そうという風潮が日本の中に出てきた。そんな時期でもあることから、私は『武士道』の中に、日本人の心を見出してみないかと中学生に問いかけようと思った。

新渡戸稲造を「シンドトイナゾー」と読んで、彼については何も知らない中学生。彼らにはまず、「太平洋の架け橋とならん」と言った国際人新渡戸が明治の初めに八歳で盛岡から上京し、英語の勉強をし始めた背景から説明していく。

新渡戸は、武士道とは「武士が守るべき道徳的な原理であり、封建制度なき後も生き残って今なお私たちの人の倫《みち》として照らしている。武士道は日本の象徴としての桜花であり日本国士固有の花である」(BUSIDO、第一章)と記述している。そして武士道を象徴する歌として次の二首を紹介している。

しきしまの　やまと心を人とはば　朝日ににほう山ざくらばな　本居宣長
かくすれば　かくなるものと知りながら　やむにやまれぬ大和魂　吉田松陰

武士道の精神とこの歌にひそむ日本人の心をしっかりと丁寧に中学生に説明していかねばならない。「武士道」は何百年と日本人の活動精神であり推進力であった。だが、太平洋戦争の敗戦で大打撃を受けた日本人は武士道を捨ててしまったかのように見える。しかし実際には、民主主義の道徳を受け入れつつ武士道の精神が日本人の心の中にひそんでいる。その心とは何か考えてみようと問いかけてみたい。向上心ある中学生は必ず耳を傾けてくれると思う。

礼が大切

さて、「武士道」で語られる大和魂は、

① 義（人間としての正義の道）
② 仁（惻隠の心、悩める人への思いやり）
③ 誠（正直、率直）
④ 名誉（恥を知る心）
⑤ 忠義（社会のため、目上の人への礼節）
⑥ 克己（我慢、自分に勝つ沈着の動作）
⑦ 勇（ここ一番という大切なときに奮う勇気）
⑧ 礼（相手の気持ちを知り自分の気持ちを伝える。礼儀の最高の形は愛に近づく）

の八項目である。このなかから現代の中学生に対し、今後の人生にとってとくに大切な項目を一つだけ挙げてくださいと言われたら、私は迷わず礼（礼儀）を奨めたい。

新渡戸は言う。「礼は寛容にして慈悲であり、妬《ねた》まず、たかぶらず、己の利を求めず、憤《いきどお》らず人の悪を思わず」と。人間の幸不幸は社交、人間関係で決まる要素が大きい。礼は社交を上手に進めるための不可欠の要件である。「礼儀は道徳や法律にも似ていて、文明社会では一種の暗黙の協定」である。

また『父から息子への手紙　わが息子よ、君はどう生きるか』（邦訳書三笠書房）という本を書いたイギリスの外交官フィリップ・チェスターフィールドも、「礼儀とはお互いに自分を少し抑えて相手に合わせようとする行為」であると言っている。新渡戸もさらに、礼が大切ということは、礼に反する無作法なことは厳につつしまなければならない、と言っている。

たとえば相手が傷つく言葉を平気で言ったり、話をひとりじめにし、人の話を聞かず自慢ばかりするのも不作法の典型である。礼状をすぐに出す、笑顔で明るい挨拶をする、約束時間を守る、などは最低限の礼儀であるが、意識していないとなかなかできない。このような気配りのできる人はいつの時代もまたどこの国でも常に人に尊敬される。

「武士道」は現代でも生きている、中学生がこれから高校、大学そして社会人へと飛翔していくとき、自分のためにも社会のためにも君たちの根底には日本人特有の大和魂「礼儀」があることを忘れないでほしい、そして素晴らしい人間観の伝統を持つ日本人に生まれたことを誇りに思って人生を生きぬいてほしい、と彼らの将来の幸せを心から祈りつつ話をしめくくりたい。

皆さんはどんな日本人の心を若者に伝えていこうと思われますか。

6――寄付について考える

アメリカと日本の考え方の違い

かつてアメリカ人の大学教授から、「次の数字は何を意味するか分かるか」と聞かれたことがある。「米国は十六兆円、日本は六千億円」――これはＮＰＯ団体への民間寄付金の比較である。彼は「日本人はボランティアの遺伝子がないのか」と揶揄しているようであった。木原孝之氏が著した小冊子「現代募金技術入門」には、「日本では金を集めることがいかにむずかしい」かを強調し、「日本人は寄付を求められた時それに応ずることをからだが覚えていない」と書かれている。欧米人は収入の十分の一を教会に献金するということを子供の頃から教えられる。日本人は寄付に際して周囲とのバランスを考えたり、「何かとられる」

というイメージ。渋々お付き合いで出す感覚が強い。夏目漱石の『吾輩は猫である』の中に、主人のクサメ先生が東北の凶作を助ける寄付を頼まれ二円を拠出した。そして逢う人ごとにトラレタ、トラレタと吹聴しているのを猫が聞き、「泥棒にあったのではあるまいしトラレタというのはおかしい」とからかっているところがある。

日本の寄付文化は「トラレタ文化」なのだ。前述した欧米の十分の一寄付の思想はどこからきているのだろうか。

タイズの思想

これはイギリスからアメリカに渡ったピューリタン（清教徒）、いわゆるピルグリムファーザーズが、一六二〇年北米大陸上陸にあたってメイフラワー号で誓いをたてたことに端を発する。

それは、「この新大陸に上陸後、われわれはそれぞれ違った道を歩むことになる。しかしどこにいようと、どれほど成功しようと、この新しい社会のために時間、汗、収入の一部を捧げようではないか」。このような趣旨で交わされた契約が「メイフラワー契約（コンパクト）」である。

収入の一部はＴｉｔｈｅ（タイズ）――十分の一――の思想である。聖書の申命記には、「あなたは毎年、種をまいている収穫物の中から必ず十分の一を取り分け、孤児や障害者に分け与えなさい。そうすればあなたの神はあなたを祝福するであろう」と記されている。欧米、特にアメリカは、ボランタリズムで国家支配から自治と自由を確保する抵抗の思想とタイズの思想（十分の一規定）を精神的基盤とした隣人愛の精神で、類まれな「ボランティア社会」に成長したといって間違いない。

一九九〇年に制定された「米国ボランティア促進法」はぜひ日本にも導入し、福祉教育の一環にしてほしい。

ベーテルへの寄付――ドイツの場合

ドイツでも、「自由意思社会活動促進法」によって定められたシビルディーンスト制度は兵役を拒否した男子に社会奉仕を義務づけている。兵役なら十二カ月。ボランティアなら十五カ月。その結果、社会奉仕をした若者が人間的に大きく成長したという報告がある。

西ドイツにベーテルという福祉の町がある。約七千五百人の障害者が住んでいて、職員を入れると一万人余の大きなコミュニティーがある。ここに一日三百個の小包と現金の寄付が一千通届くという。ドイツでは子供が誕生日にお祝いをもらうと「一つはベーテルに贈ろうね」という一種の福祉教育が家庭でなされていると、私の尊敬する先輩阿部志郎先生（神奈川県立保健福祉大学名誉学長）からお聞きした。

以上の話から皆さんはどんなことを考えられるだろうか。

7——マクラの効用

海外での日本人

約十年と長い海外生活（アメリカ・香港）を送っていると、いつも日本人の評判が気になる。

一般的には日本人はいい人が多い。礼儀正しいと好評だが、話が下手という批判をよく聞いた。どこが悪いのかと外国人に聞くと、まず英語が下手、それは止むを得ないとしても話が形式的でユーモアがない。特に話のマクラ（出だし）が悪いという。長々と自慢めいた自己紹介や、「私ごときがこんな高い所からお話しするのは申し訳ない。私は話が下手なので何度も断ったがどうしてもというので」などと、言い訳めいたマクラが多すぎるという。

そんなことを聞くとますます外国人の前で話をするのを逃げたくなるが、立場上どうしてもやらざるを得なくなる場合もある。

マクラで聴衆の心をつかむ

ある時、米国ノースカロライナ州主催で各国の「社会貢献」というテーマで講演討論会が開かれ、米国以外にドイツ、スウェーデン、日本が選ばれた。たまたま私が日本人会の代表をしていたので、止むを得ず出ることとなった。そこでまずマクラをどうしようかと何度も考えた末、当日次のように切り出した。

壇上に立って一礼したあと、「コチフカバニオイオコセヨウメノハナ　アルジナシトテハルナワスレソ」と大声で語りだすと、八百人の会場はキョトンとして静まり返った。外国人の耳には馬か鹿が叫んでいるように聞こえたことだろう。そこですかさずアメリカ人の司会者に向かって「今日は日本語で話すのか英語でか?」と大声で聞くと、「もちろん英語だ!」。そこで会場を見まわしゆっくりと英語で、「私は日本語はうまいが英語は下手、皆様は英語はうまいが日本語は分からない。先ほどの日本語は日本人ならほとんどの人が知っている有名な菅原道真の美しいポエムだ。（歌の内容を説明）今日は聞きにくい英語で話すが我慢して聞いていただきたい」と語りだしたら会場は割れんばかりの拍手に包まれた。この時ほど「マクラ」の重要性を痛感したことはない。

ユーモアのあるマクラの例

その後私は社会人落語家（三遊亭大王：二百九十九頁参照）になり、ますます「マクラ」の大切さが分かってきた。特にユーモアのあるマクラが出て受けたときは、必ず話は成功する。マクラには面白い小咄を選ぶと良い。そこで二、三の小咄を紹介するので覚えてぜひ使ってみてください。

①「喧嘩」
「喧嘩はよしなよ。どっちが悪いんだ？」「この人が悪いのよ。だって殴り返してきたんだもの……」

②「年齢」
「お婆さん歳はいくつですか？」「花屋のおきんさんと同い歳！」「花屋のおきんさんはい

くつですか?」「のり屋のおよしさんと一つ違い」「じゃあ、のり屋のおよしさんはいくつ?」「ひとの歳なんて知らないよ!」

③「ねずみ」

「おーい、ねずみ捕まえたよ」「どれどれ……なんだか大きくないね。こんなの小さいよ」「そんなことない大きいよ」「いや小さい」「大きい」「小さい」……ってやっていますと、中でねずみが「チュウ」

④「整形手術」

「お隣の奥さん交通事故で顔がグチャグチャになったそうよ!」「まあお気の毒に!」「ところが今の形成外科ってすごいわね、手術で元通りに戻ったんですって」「……まあ、お気の毒……」

小咄は簡単なようで難しい。上手にやるコツはスラスラと話し、本人が絶対笑わないこと。成功を祈る。

8——日記式俳句の楽しみ方

七十年以上続く趣味

散る桜　残る桜も　散る桜　　良寛

ちょうど一カ月前、満開を誇った桜も今はすっかり葉桜になり、新緑一色の爽やかな季節に入った。右に掲げた良寛の有名な辞世は人生のはかなさを見事に表現している俳句である。私は和歌よりも俳句が好きである。世界で一番短い詩——五、七、五は、日本人の発明した卓越した古典芸能だと思う。

この土手に　登るべからず　警視庁
赤信号　みんなで渡れば　こわくない

など、すべて五、七、五となっており、これは日本人の本能と言ってよい。
私が小学校三年生のとき、校内俳句大会があり、

ホームラン　かっとばしたり　雲の峯

という私の俳句が特選になった。その日から俳句のとりこになり、今日まで続いている。

私にとって俳句は七十年も続いている趣味だが、一度も先生の門下に入ったことはなく、私独自の楽しみ方で俳句を作っており、それを「日記式俳句」と勝手に名付けている。句会に出席して発表するのではなく、ひっそりと日記帳の末尾に、その日の楽しかったこと、悲しかったことを五、七、五にして書きとめる。ちょうど、画でいえば油絵でなく水彩画、スケッチである。くどくどと説明せず、要点をあっさりと表現しているところが魅力的である。

その人、その日のことが脳裏にまざまざと浮かぶ

私の好きな句を以下にいくつかご紹介しよう。

傲慢に　生きるも一生　寒に逝く　　中村清

この句は『健生会ニュース』二〇一七年五月号に掲載された中村清さんの句である。生きているときはちょっと傲慢な人だったが、亡くなってみると淋しさが一入《ひとしお》という感が伝わってくる秀句。

こういう句は、中村さんが葬儀に参加して、その夜に日記帳にこの句を記し、何年後にこの句を見てもまざまざとその人、その日が浮かんでくるという、日記式俳句である。

おい癌め　酌みかはさうぜ　秋の酒　　江國滋

エッセイストであり俳人の江國滋の辞世の句。彼のエッセイも素晴らしいが、俳句もすご

い。

俳句の「俳」は「滑稽」を表す。この句からは、苦しい癌と戦う毎日だが、医者から止められている酒もちょっとくらいはいいではないか、癌よ、俺をいじめるのを止めて一緒に飲もうよという、苦しい中での諧謔が伝わってくる。

次は私の句。

花水木　お早う今日も　頑張るぞ　　一雄

単身赴任していたアメリカの家の前に大きな花水木があり、春には白とピンクの花が一斉に咲く。その花に毎朝手を合わせて、今日も頑張るぞと祈ってから出勤したあの日が懐かしい。

アメリカに　家族集える　花の宴　　一雄

ワシントン・ポトマック河畔の桜は尾崎行雄（当時東京市長）が寄付したものだが、この桜は特に美しく、在米の日本人の心を和ませている。その桜の下に私の家族四人が集まった思い出は忘れられない。

長尾和宏医学博士（日本尊厳死協会副理事長）が認知症予防に「俳句を作りながら散歩するのがきわめて効果的である」と明言している。「プレバト!!」の俳人・夏井いつき氏など気にせずに、皆さんも日記式俳句を始めてみませんか。

9――やさしさをうまく表現できない父と娘

娘との距離

私にはちょっと変な癖がある。いつのころからかわからないが、女性とお茶など飲む機会があると、「あなたはお父さんが好きですか」と質問してしまうのである。相手は六十歳以上の方が多いので、「好きでした」「嫌いでした」と過去形で答えが返ってくる。「好きでした」と答える女性は純情で素直な人に見え、そのお父さんが羨ましい。そこで必ず「どんなお父さんでしたか」と聞くと、「私にはとくに優しかった」「落語に連れて行ってもらった」「旅行に父と二人で行った」など、懐かしい思い出を嬉しそうに語ってくれる。一方、「嫌いでした」と語る女性は、何か思想を持っていて父と対立しているように思える。

私には一人の娘がおり、結婚してアメリカで看護師兼ケアーマネージャー（現在はコロナ担当）をしているが、どうも私が嫌いらしい。何が気にくわないのかさっぱりわからないが、近づけば近づくほど離れていく。親切にすればするほど後ずさりしていく。多分私が企業人で仕事一辺倒のころ、娘に「運動会　抜くなその子は　部長の子」などという川柳を見せて、父は仕事が忙しいからお前たちの運動会に行っている暇なんかない、などと豪語したことを恨んでいるのかもしれない。

『サラダ記念日』に感じる父親への温かいまなざし

でも俵万智さんの『サラダ記念日』（河出書房新社）などを読むと、父親を温かいまなざしで見ている。そのなかで私の好きな歌は、

やさしさをうまく表現できぬこと　許されており父の世代は

月曜の朝のネクタイ選びおる　磁性材料研究所長

「また恋の歌を作っているのか」とおもしろそうに心配そうに

おみやげの讃岐うどんが　社名入り封筒の中からあらわれる
行くのかと言わずにいなくなるのかと　家を出る日に父が呟く

などなど。

最後の歌は家出の歌ではなく、実家に帰っていた娘がまた東京に戻るときの歌である。私の娘がアメリカから妻の見舞いに帰省し向こうに帰るとき、私はこの心境になる。

俵万智さんにお会いしたことはないが、「父上」をよく理解し好きで好きでたまらない雰囲気が伝わってくる。またお父さんもえらい。ちょっと理屈っぽい娘と良い距離感でつきあっている。二人とも大人である。

一方、全共闘運動に没入した道浦母都子《みちうらもとこ》さんは厳しく激越に父を責めている。彼女は思想家である。

釈放されて帰りしわれの頬を打つ　父よあなたこそ起たねばならぬ

今では道浦さんも父親をいたわりの視線で見ていると私の畏友佐高信氏は『人生のうた』

（講談社）という本に書いているが、いずれにせよ父と娘は男と女。永遠にわからない世界とあきらめて、たんたんとつきあうほかはない。

誰が何と言おうと私の娘である。嫌われても俺は好きだよと言い続けるほかはない。

10 沖縄人（ウチナンチュー）の苦悩

久々の沖縄再訪

二月初旬、十年ぶりに沖縄に行く機会があった。現地は二十三度と暑く、もう初夏かと思わされた。那覇市社会福祉協議会に招かれ講演をし、宮古島では旧友とゴルフに興じた。かつて国立琉球大学の非常勤講師として教鞭をとったことがあり、その頃の友人や教え子が集まった会にも招かれ非常に楽しく、やはり八十歳まで生きてきて良かったと思った。

ただし友人たちと話をしているうちに、沖縄人（ウチナンチュー）はこんなことを考えているのかと知って驚かされた。沖縄以外の日本人を現地語では「ヤマトンチュー」と呼んでいる。我々「ヤマトンチュー」は、日本人でありながら沖縄について案外知らないことが多い。終戦時、本土決戦として住民を巻き込んだ悲惨な沖縄戦、ひめゆり部隊のこと、基地問題程度は誰でも知っているが、それ以上は敢えて知ろうともしない。例えば大学でも「沖縄大学」と言わないで「琉球大学」と名乗るのはなぜだろうか。沖縄と琉球、この二つの言葉には深い悲しくも厳しい歴史がある。

沖縄の悲しい歴史

ヤマトンチューとしてそれを知っておく必要があると思われるので、簡単に要点を記しておきたい。

沖縄の旧友（八十歳）が、「沖縄人の中には中国に帰属したいと思っている人もいるんだよ。台湾へ琉球ご一行の名のもとに喜々として行っている」と語ったときは一瞬驚いたが、歴史を紐解くと案外事実かもしれないと思えるふしがある。遡れば、一六〇九年徳川家康が島津氏に琉球征伐を命じ、薩摩藩はその年に三千人を出兵、あっという間に首里城を占領、琉球王や重臣を捕虜として連行した歴史がある。琉球王国は一四〇〇年代に生まれ、貿易で莫大な利益を出していた。中国への朝貢国であり、琉球王も中国の柵封（認可）で決定する形式をとっていた。琉球という名も中国から与えられたものであり、台湾も「小琉球」と言われている（「沖縄」は日本人がつけた名）。

琉球は一旦、薩摩藩の傘下に入ったが、したたかに依然として中国との関係を保ちつつ、幕藩体制下で「江戸上がり」と言って参勤交代も続けていた。琉球はヤマトに完全に飲み込まれないように中国を後ろ盾にして琉球のアイデンティティを確立し、日中両国の間で絶妙のバランスをとっていたようだ。

ところが明治維新になっていわゆる「琉球処分」が実施されたので、琉球王国は激怒し大事件となった。しかし明治政府は一八七五（明治八）年に琉球併合を目的として中国との断交を命じ、琉球は沖縄県になるべきと通達した。琉球人は撤回を嘆願する一方、「脱清人」と称する人々が中国（清）に訴え反対運動を起こすが、中国の力もなく反逆人はすべて粛清、ついに首里城を明け渡し、四百五十年の琉球王国の幕を下ろすことになった。

戦後の新たな苦悩

その後第二次世界大戦が起こり、終戦後沖縄はアメリカの統治下に入った。基地となった沖縄の住民の苦悩は想像以上のものがあったが、二十七年後の一九七二（昭和四十七）年に日本に復帰することができた。

しかし当時の地元新聞は「変わらぬ基地　続く苦悩　厳しい前途」という見出しで沖縄返還を伝えていて、喜びの言葉はない。

こうして沖縄は、「唐の世（支配）から大和の世、大和の世からアメリカの世、アメリカの世からまた大和の世」と何度も世替わりしている。「沖縄が日本であったのは（六百年のうち）わずか百五十年なんだよ」という沖縄の友人の言葉に、沖縄人の苦悩が推しはかられた。

数々の苦難に耐えているウチナンチューを少しでも勇気づけたく私も那覇市社会福祉協議会、那覇保護区保護司会、宮古保護区協力雇用主会を訪問し講演と寄付活動を続けていたが、二〇一九（令和元）年より宮古保護区協力雇用主会の顧問を引き受けることになった。

11——千の風が吹いた日

「千の風」発祥の地で

今年の夏は札幌と旭川で講演の機会があった。涼しいと思っていた現地は何と三十四度、「ここは本当に北海道かい？」と文句も言いたくなるほどの暑さであった。帰途、時間があったので道南地方にある大沼国定公園に立ち寄った。ここは美しい湖水と火を噴く駒ケ岳（千百三十二メートル）と深く広大な森がある別格の景勝地である。

学生時代にこの駒ケ岳で遭難し、町の青年団に助けられたことがあるが、あれから六十年。生かされてきた感謝の念を持って駒ケ岳に向かってしばし黙禱した。

湖水のほとりに「千の風になって　新井満」と記した小さな石碑が立っていた。地元の人の説明によると、新井氏が電通を退社し芥川賞を受けたあと、当地に山小屋を建て、ここで「千の風」の翻訳と作曲を仕上げたとのことであった。この詩は作者不詳だが、俳優のジョン・ウェインがある人の葬式で朗読して一躍有名になり、マリリン・モンローの追悼式でも朗読されたと米紙は報じている。

新井氏は「A Thousand Winds」というこの詩には不思議な力（パワー）があり、人の心をゆさぶるものがあると気づいてこの詩の翻訳と作曲に取り組んだが、どうしてもうまくいかない。ある時、大沼公園の森を歩きつつこの詩を大声で読んでまぶたを閉じたら突然ひらめいたことがある。それはこの詩は生者からではなく死者からの語りかけの詩であるということ。そして人間は死んでも、本当の意味では死んでいない。風になりさまざまな存在に生まれ変わっていく。「いのちは永遠不滅なのだ。私はたしかに死にましたが人間以外のいのちに生まれ変わって今もしっかり生きているんです。だから私のお墓の前で泣かないでください……」。この詩の心をつかんだら、あとは翻訳も作曲もあっという間に出来上がったと新井氏は言っている。

秋元婦み子さんへの弔辞

この歌を切り株に坐って湖を見ながら小声で歌っていると、突然電話が鳴った。友人の健生会会長の青木さんそして副会長の保坂さんから、秋元婦み子さんの逝去の知らせだった(百六十三頁参照)。一瞬息がとまりそうだった。するとまたベルが鳴り、秋元さんのお嬢様の河合みさをさんから訃報と葬儀で弔辞を述べてほしいとの依頼があった。一瞬躊躇したが、これは秋元さんが天から私にやってくれと言っている気がして引き受けることにした。

葬儀当日はしとしとと雨が降っていた。カトリック下井草教会の儀式のあといよいよ弔辞を述べる時がやってきた。落ちついて、落ちついてと自分に言い聞かせつつ、教会祭壇中央に置かれている秋元さんの銀色の棺の前に立ち最敬礼した。その時私のうしろにいる人々の姿は消えて、秋元さんと二人きりになった気がした。だから原稿無しで思いつくまま秋元さんに語りかけた。

「急にいなくなってひどいよ、淋しいよ。でもいつも健生会（練馬のNPO法人。元は「練馬健康と生きがいを語る会」。私は健生会の顧問を務めている）で活躍してくださってありがとう。九十九歳の秋元さんは健生会の誇りでした。またいつもこっそり渡してくださった

『みすず飴』とてもおいしかった。あれは二人だけの秘密と思っていたら健生会の人はみんな知っていたみたいですよ。百歳記念に私との碁の対戦ができないのは残念。いつか天国でまたやろうね、安らかにお休みください」と述べた後で、思い切ってアカペラで「千の風になって」を歌った。

歌っているうちに秋元さんの優しい笑顔が浮かんで来てどっと涙が溢れ、終わりの方は声にならなかった。秋元さん本当に有難う。千の風になっていつまでもご家族と健生会を見守っていてくださいね。

人に喜ばれる人生

12 —— 私の人生を変えた大切な歌

アメリカでのビックリ体験

以前、産経新聞が「あなたの人生を変えた大切な歌」という題のエッセイを募集していた。一等賞金は百万円である。私も百万円の魅力にひかれて応募しようとしていたが、老人ホームの仕事にかまけているうちに、気がついたら期限が切れていた。そこで、賞金は出ないがここに書かせていただくことにした。

それは、かつてバブルさなかの頃、企業戦士としてアメリカに派遣されたとき、起こった事件。寝ても醒めても仕事一本の毎日、人への思いやりとか優しさ、ボランティアなど思いもよらぬ人生を送っていた頃の話である。

たまたま赴任先のアメリカ、ノースカロライナ州ダーラム市で全米少年野球大会が開催されることになった。思いがけないことに、地元チームの監督から、私に始球式をしてほしいという要請があった。一旦は断ったが、部下が「社長は行くべきだ、企業のボランティア、フィランスロピーだ」としきりに言うので嫌々球場にいくと、平日の昼なのに約二千人の市民が詰めかけていた。

緊張しながら、子供相手にピッチングの練習をしていると、監督がやって来て「知事が突然来たので知事に始球式を頼んだ、あなたはアメリカ国歌の独唱をしてくれ」という。

「とんでもない、ノー」と叫んだが、私をマイクのあるピッチャーズマウンドに連れていき戻ってしまった。

「ミスターワタナベが国歌を歌います。全員起立！」というアナウンスが流れ、国旗がセンターポールにスルスルと揚がっていく。呆然としている私に二千人は息をのんで凝視している。もう逃げられない。やるっきゃないと覚悟して恐る恐る歌い出した。

「オーセイキャンユーシー♫」

情けない声、ニワトリの首をしめたような哀れな声が流れた。すると可哀そうに思ったのか、一塁側に立つ少年野球の選手が可愛い声で唱和してくれて、それが三塁側の子供にも広がり、ついには内野・外野にいる二千人の市民も歌い出し、球場全体の大コーラスになったのである。

歌が終わるや否や、子供たちがマウンドに駆け寄り、私を抱きしめたり、握手したり、もみくちゃにした。次の瞬間、なんと会場から嵐のような拍手が起きた。そして「オーイ、日本人よ、君を今日から友だちにしてやるよ」「君をダーラム市民にしてあげるよ」というダーラム市民の温かい声が聞こえてきた気がした。今まで冷たい目で見ていた同じ人々と思えなかった。

私はマイクを再び握って、「ダーラム市民の皆様、ありがとうございます。Thank you very much」と日本語と英語で大声を出し最敬礼した途端、涙がポロポロととめどなく出てきた。私の下手な歌に対して唱和し、拍手してくれた人たちに、身体が震えるような感動を覚えたのである。

家に帰ると、テレビでその少年野球大会の模様が流れていた。アナウンサーは、「あのにっくき日本半導体会社の社長が少年野球のためにアメリカ国歌を歌ってくれた。彼はもはや敵ではない。友だちである」と繰り返していた。

その日を境に町の空気ががらりと変った。マクドナルドに行くと、店員や客が「ナベさん、テレビ見たよ、よかったよ」とほめてくれる。私はようやく市民の仲間入りができたのだ。この体験が私を変えてしまった。

思いがけずに心の報酬

ボランティアは自己犠牲ではない、小さなことでも人が喜んでくれることをすることには感動があり、感動こそ生きている証しであると悟ったのである。これを「サイキックインカム（psychic income）」＝「心の報酬」という。お金に替えられない心の報酬こそ、ボランティアの対価である。

下手な歌のおかげで、人生の大切な教訓を得た。定年になり、老人ホームの仕事や日本福祉囲碁協会を通して碁のボランティアをやりつづけ、充実した毎日が送れるのも、すべてアメリカ国歌のおかげである。

これを書きながら、今もあのときのスタンディングオベーションの万雷の拍手が遠い雷のように耳の奥で響いている。私の人生を良き方向に変えてくれたアメリカ国歌は、私には忘れられぬ大切な歌なのである。

13――杉原千畝とフィランスロピー

「フィランスロピー」とは何か

私は二十数年前に『体験的フィランスロピー』（創流出版）という本を出版した。その頃一時的流行のごとくフィランスロピーという言葉が世間一般に使われだし、一九九一（平成三）年には日本経団連が「1％クラブ」（企業利益の一％を寄付するクラブ）を設立してその年を「フィランスロピー元年」と称していた。

フィランスロピーは英語で“philanthropy”と綴る。英和辞典には「博愛」「慈善」「慈善事業」などの訳語が見えるが、原語の幅広いイメージが伝えきれていない。最近では「社会貢献活動」とか「社会奉仕」と意訳するケースが多くなっている。しかし「貢献」とか「奉仕」という言葉には、どこかしら義務的なニュアンスが漂う。

フィランスロピーの語源はギリシャ語で「フィロス（愛）」と「アンスロポス（人間）」を組み合わせたもので、それがラテン語になり英語になった。すなわち人を愛すること、博愛を意味するが、いわゆる博愛主義やヒューマニズムと違う点は、これらが心の問題として捉えられ必ずしも行動を伴わないのに対し、フィランスロピーでは行動が必要となる点である。いわば思想と行為のセットであり、自発的に社会の仕組みを変える活動をフィランスロピーの概念として捉えていただきたい。

「ボランティア」「チャリティー」とはどこが違うか

では「ボランティア」とはどこが違うのか。まずいえることは、フィランスロピーは一つの思想あるいは土台で、その上にボランティアやＮＰＯなどの活動がある。フィランスロピーの思想を具現化する手段がボランティアであり、たとえればフィランスロピーが頭でボランティアが手足といえよう。

かつて筆者が創設した「東大附属病院にこにこボランティア」を例にとって説明してみよ

う。新しく建て替えた東大附属病院に百貨店社員約五百名を集めてガイドボランティア活動をする企画を立てた。スタートまでには数々の難関があったが克服し、一九九五（平成七）年に病院内でガイドボランティアが実現した。その結果として患者が喜び、喜ぶ患者を見てボランティアも感動し東大附属病院職員のサービス態度も明るく改善された。そしてそれが全国の病院ボランティアの普及に大きな影響を与えた。

このようにフィランスロピーは社会の根元的な問題を解決し全体の枠組みを変えて生活の質的向上を図る思想と実践行為なのである。

この際チャリティーとフィランスロピーについても一言、申し上げてみたい。

チャリティーはイギリスのチャリティー法（救貧法、一六〇一年）がベースにあり、金持ちが貧者にモノやカネを恵むという考え方で、いわば上から下へのタテの関係である。一方、フィランスロピーはヨコの関係で、同胞愛、共生、パートナーシップの思想が根底にある。

両者の違いを端的に表現するものとして、次のような言い方がある。「飢えた人に魚を与えるのがチャリティーで、魚の取り方を教えるのがフィランスロピーである」と。つまりチャリティーは困窮者への慰めであり、フィランスロピーは飢えや貧困、災害、環境悪化などの原因を取り除くために自発的に力を貸すことである。

もっと知られてよい杉原千畝

かつてアメリカのワシントン市で日本人の人道的フィランスロピストの名に出会って驚いたことがある。その日は雪がしんしんと降っていた。ホテルの近くに「ホロコーストメモリアム」といういかつい建物があり、ふらりと入ってみた。館内は重い空気が漂っており、ヒトラーのユダヤ人迫害の歴史が生々しく掲げられていた。ガス室での大量虐殺の悲惨な写真、太陽を真黒に描く子供たちの絵、ユダヤ人の髪の毛などが大量に展示されていて、見るのも辛いほどであった。

最後のコーナーに来ると、「次の方々が生命をかけてユダヤ人を救った人です」というサインがあり、その中にたった一人日本人の名があった。その名は杉原千畝。

当時リトアニア領事代理だった彼は、外務省の反対を押し切って約六千名のユダヤ人に日本の通過ビザを発給しその生命を救ったが、帰国後、外務省を辞め病死した。しかしユダヤ人は彼の功績を忘れず、一九七四年に「イスラエル建国の恩人」として表彰。日本人の人道的フィランスロピストとして今もユダヤ人の中で語り伝えられているという。

このときに、たまたま彼は私の故郷岐阜県加茂郡八百津町の出身であることを知った。彼はフィランスロピストとして郷土の誇り、かつ日本人の誇りとしてよいと思う。

八百津には現在、杉原千畝を顕彰し「人道の丘公園」と記念館が寄付によって設けられている。

14――すばらしきフィランスロピスト⑴　岩本薫元本因坊

ボランティア碁を打つ元本因坊

ささやかでもフィランスロピー（ボランティア）活動を続けていると、「えっ、こんなすばらしい人がいたのか」と驚かされる人物に出会う。その出会いの喜びは私の人生の思い出ファイルに大切にしまってあり、ときどき開けては古い酒を飲むように、その芳潤な香りに浸って一人至福の時を持つ。ここではその玉手箱の中から、元本因坊の岩本薫先生を紹介してみたい。

先生は一九九九（平成十一）年に九十七歳で亡くなられたが、囲碁の元本因坊（囲碁プロ日本一、一九四六（昭和二十一）年）で日本棋院の理事長を務めた人である。引退後は私が会長を務めていた日本福祉囲碁協会の顧問を引き受けていただき、雨の日も風の日も休まず、渋谷にある協会に来て、約二百人の会員に代わる代わるボランティアで指導してくださった。

会員は会費（男性一万八千円、女性九千円）を払えば誰でもなることができ、研修を受けて「ボランティア棋士」の肩書きで各地の老人ホームや障害者施設、時には刑務所の中へもボランティアとして出向いていく。

岩本先生は恵比寿（東京都渋谷区）の自宅を売って約三億円を寄付し、オランダ（アムステルダム）、ブラジル（リオデジャネイロ）、アメリカ（ニューヨーク）に海外囲碁センターを設立した。日本だけでなく、国際的に囲碁普及に大きく貢献された人である。

生前、先生に「なぜ、そんな大金を寄付されたのですか、どうしてそれほどボランティア活動に熱心なのですか」と尋ねると、「ボランティアというより囲碁が好きでしょうがないのだ。囲碁を通して人を喜ばせたい、私には囲碁しかないのだから」とおっしゃる。そして「私は金持ちだから寄付したのではない。実は、日本棋院の副理事長のときアムステルダム・リオデジャネイロ・ニューヨークに行き囲碁センターを創設する約束をしてきた。これは私の独断ではなく理事会の了承をとってその伝達に行ったのだ。ところが帰国してみると、バブルがはじけ、日本経済がおかしくなり、結局約束が実行できなかった。海外の人々の落胆は大きく、私も日本棋院も信用に関わることになるので大いに恨んだ。その頃、たまたま恵比寿の自宅を高く買ってくれる人がいて、家族を説得して小さな家に移り、差額を寄付することにした。ちょうど自分も八十歳になりカネをあの世に持っていくこともできないので、囲碁の国際化と将来の囲碁オリンピック実現の引き金になればと考え、エイッと決断して寄付してしまっただけ。ボランティアなんて美しい気持ちじゃありませんよ」と言って、アッハッハと笑いとばされた。

慈悲の心で「布施」や「顔施」

また、あるとき、「先生は五歳でアマ六段ほどの実力をお持ちだったそうですが、私は六十歳（当時）でもまだ二、三段です。還暦になればもう成長はあきらめたほうがよろしいでしょうか」と聞くと、先生はこう答えられた。

「大丈夫、死ぬまで人間は伸びるものです。頭は使えば使うほど良くなります。ただプロにはなれないでしょう。大酒呑みは『別腸』といって別の腸を持っているといわれるように、学校の勉強はできなくても碁にめっぽう強い子供がいる。この頭脳を『別智』といい、こうした別智を持つものがプロになっていく」。

さらに「人生で楽しかったことは何ですか」と問うと、「一生碁の人生を貫けたこと、とくに晩年、この日本福祉囲碁協会でボランティア碁を打つのが楽しい、ときどき、私が負けるとみんな『元本因坊をやっつけたぞ』とばかりに嬉しそうな顔をした後ちょっと申し訳なさそうな顔をするのを見ると笑いが込み上げてくる。かといっていつも負けてあげるわけにはいかないがね、ハッハッハッ」。その笑顔はすばらしく、今も忘れられない。本物のフィランスロピストの顔はどこか可愛いく子供っぽく、人生を見事に生ききった爽やかさがある。

仏教には「慈悲」という言葉があるが、「慈」は最高の友愛、友情を意味し、「悲」は思いやりの心を指す。この慈悲の精神と行為を体現した人が菩薩である。菩薩の実践徳目である「六波羅密」には「布施」や「顔施」があり、「布施」は人に物の施しをすること、「顔施」は笑顔を人に与えることである。ボランティアを通して他者への思いやりを絶えず考えている人の笑顔は実に魅力的である。

岩本先生の葬儀の会場には、有名な呉清源、石田芳夫、武宮正樹各元本因坊の顔も見えた。何千人も集まった碁打ちたちを菊の花に囲まれた遺影があのやさしい笑顔で見下ろしていた。

15 すばらしきフィランスロピスト(2) ペイン・スチュアート（プロゴルファー）

真夏のコンペで優勝

二〇〇八（平成二十）年八月、私は自分の所属する新装なった美しい熱海ゴルフ倶楽部で開催された第六十九回パサニア会（小さな仲間の会）のコンペで優勝した。今回は、ちょっと私の自慢話におつきあいいただきたい。

優勝して、一緒にプレーした滝鼻卓雄さん（当時読売新聞社社長）から巨人軍原辰徳監督直筆の色紙をいただいたことも嬉しかったが、とくに嬉しかったことは、当時七十二歳で三十五度の真夏日の下、アウト37、イン38、合計75の好スコアで最後までプレーを完遂できたことであった。もう一つは、腰痛が激しく一度はもうやめようと思ったゴルフにまた希望の灯がともり、健康でいる間、いや健康であるためにも老後の大切な趣味としていつまでも続けていこうと思い直したことであった。

トッププロによるまさかのレッスン

さて、私にはゴルフをする度に思い出す人がいる。その名は、ペイン・スチュアート（アメリカ）。彼は一九九一年・一九九九年の全米オープンゴルフの優勝者であり、ハンサムでニッカボッカ姿が大人気のトップゴルファーであった。強いだけでなく、賞金の一部を必ず身障者団体に寄付するフィランスロピストとしても尊敬を集めていた。実は私にとって、ペインはすばらしいゴルファー以上の存在である。

あるとき、アメリカから日本に帰る飛行機の中で、私は退屈してパーサーに「ゴルフの本でもないかね」と尋ねると、「本はないがあなたのすぐ前にあの有名なペインがいますよ」とささやくではないか。

私はちょっと躊躇したが、勇気を出して立ち上がり名刺を出し、「ペインさん、私はあなたの大ファンです。お願いがあります。私にパターのコツを教えてくださいませんか」とおそるおそる声をかけた。するとニヤリと笑って棚からパターを取り出し、「通路でスウィングをしてみて」と言った。

私が言われた通りスウィングをすると、「それではダメダメ」と何度も手を取って教えてくれた。ふと顔を上げると、私の後ろからたくさんの乗客がのぞき込んでいる。有名なペインのレッスンだから無理もない。私は恥ずかしくなって「もうこれで充分です。本当にありがとう」と言ったが、ペインはお構いなしに何度も何度もスウィングさせた。

十五分ほど経つと、ペインは「これで大丈夫。あとは練習あるのみ。ペインのボランティアレッスンはこれで終わり」といって笑顔でウィンクした。機中のみんなから大きな拍手が起こった。私は感動し、最敬礼して何度も「ありがとう」と言って席に戻った。

フィランスロピストゴルファーを想う

同じ年（一九九九年）、十月にたまたま訪来する機会があった。ノースカロライナ州ダーラム市のホテルに到着したその晩、テレビをつけるとペインの飛行機事故による訃報が流れていた。一瞬、私は全身が硬直するほどのショックを受けた。チャーター機で試合に行く途中の事故であった。全米ゴルフ協会も、その死を悼み翌日の大会を中止にして日程を短縮した。テレビや新聞で大きく報道していた。

あの日から十年……。小さなゴルフ会ではあるが六十九回も続いたすばらしい友人たちの集いの中で優勝したことは、ペインからの激励のプレゼントのような気がしてならない。とくに最終ホールで約八メートルの長い下りのパットがカランと音がして入ったときはぞっとし、一瞬ペインの顔が浮かんだ。天国でペインが「よかったね、おめでとう。ナイスプレーだ。でもマダマダ、ダメダメ、練習、練習」と言っているに違いない。

ペインに限らず、アメリカのゴルファーたちのフィランスロピー精神は徹底している。かつてはアーノルド・パーマー、ジャック・ニクラウス、最近ではタイガー・ウッズなどはいつも寄付を含む社会貢献活動に努めているので、プレーヤーとしてだけでなく、人間としても尊敬されている。日本でもＰＧＡ（フィランスロピーゴルフトーナメント）が開催されて、賞金の三〇％が身障者団体に寄付され、会場整備にたくさんのボランティアが活躍していることは、嬉しいことである。

さて、私もペインのまねをして、優勝賞金（一万円）にちょっと足して、どこかに寄付しましょう。どこにしようかな。

16 ── 私にとっての日野原重明先生

百歳にして現役医師

二〇一一(平成二十三)年十月四日に百歳になられた日野原重明先生は、今まさに時の人である。百歳になったから時の人になったわけではない。文化勲章を受け、聖路加国際病院の理事長で現役の医師、新老人の会の会長をはじめ数々の団体のトップを務め、ミュージカルの演出もする。そして、次代を担う全国の小学生に「いのちの授業」を年間五十回もするという超人的人物であることは、よく知られていることである。

日野原ブームに便乗して先生をすばらしいすばらしいと礼讃する人も多い中で、批判する声もときどき耳にする。「いつまでも理事長の椅子にしがみついていないで、早く若い人に譲るべきだ」「いつも同じ話の繰り返しだ、少しボケているのではないか」などと厳しいことを言う人もいる。確かに言われてみればそうかなと思うふしもある。しかし最近、日野原先生に直接にお目にかかることがあって、このもやもやが一度に払拭された。

理事長の地位も彼が望んだのではなく、周囲からどうしても引き受けてくれという強い要請があったからである。「私自身が院長時代、六十五歳定年制を作って六十五歳で引退したので何度も断ったが、どうしてもということなので無報酬という条件で引き受けた」と先生は明言している――無報酬であるが運営は実に見事であることは、患者として六カ月間通院してみてよく分かった。

また、同じ話の繰り返しという批判に対しては、「大切なことは何度も何度も言うべきで、高齢者は伝える義務がある。しかし、よく伝えるために表現を工夫すべきである。その努力は怠ってはならない」とおっしゃる。

最近、百歳記念講演「百歳長寿のコツ」を直接聞き、先生が有言実行しておられる事実を知って驚嘆、感動した。先生は私にとっての大切なメンター（モデル）であり、長寿日本人の生き方のモデルであるといってもいいすぎではないと思う。

ボランティア精神を注入してもらう

私が先生に個人的に接したのは、およそ二十年前のことである。当時、アメリカから帰国し三菱電機本社に勤務していたが、アメリカで学んだフィランスロピー、ボランティア精神を企業の中に植えつけたいと思い、その実践として東京大学附属病院に企業人をボランティアとして参加させようと努めていた。当然のことながら、企業側には抵抗があったが、驚いたことに病院側にも反対論が強かった。苦慮の末、ふと思いついて東大医学部の教授と病院看護部の責任者数人を連れて、日野原先生に会いに行った。

病院長室に入るなり、先生は「こんにちは」とも言わず、「東大の先生方よ、渡辺さんの言う通り一日も早くボランティアを導入しなさいよ。患者は必ず喜ぶ。医師も看護師も職員も、ボランティアから学ぶことが多いですよ。また、企業人のボランティアも生きがいを見つけるでしょう。東大のことは東大にまかせ、渡辺さんはボランティアをしっかりとたくさん集めてください。日本はアメリカと土壌が違うので苦労は多いですが、日本中にボランティアの精神を広めることは非常に大切なことです。頑張ってください」と言われた。

あの日の言葉は、今もはっきりと耳に残っている。優しい口調の中に、あるべき姿に信念を持って生き抜いている人の厳しさを見た思いがした。その一言で東大附属病院側は「やろうと決心した」と、当時東大教授でボランティア導入の責任者であった加我君孝教授は語っている。まさに鶴の一声に感謝である。

患者として日野原イズムに接する

あの日から二十年が経って、今度は私の骨の病気が聖路加国際病院で救われた（この件については、二百二十二頁以下の「平成『病牀六尺』」で詳しく述べる）。病院は日野原イズムが徹底していて、医師も職員も優しく気持ち良い。ロビーには百歳記念書道展として、日野原先生の書が飾ってあった。「書は体を表す」というが、書体も言葉も人柄がにじみ出ているようで味わい深かった。その中の一部を紹介してみよう。

「十年後、二十年後の自分のモデルを探し求めていく欲求は、あなたを衰えさせません」

「どんな災難や不幸も意味があり、人生をポジティブに生かすことが出来ます」

「まず自分を好きになるように」

「愛する人の死を想像してみる」

「あなたの習慣が、あなたの心と体を作ります」

「人はいつになっても生き方を変えることができます」

「悲しみの体験が人をやさしくする」

「ふやすなら微笑みのしわみ」

「あなたは一人きりではありません。支えられるつながりの中に生きているのです」

「今日も明日も与えられた命を感謝で生き、最後にありがとうの言葉でこの世を去ることが出来たら最高の生き方です」

これらの言葉は、読み流さないで嚙みしめるように読む。嚙めば嚙むほど、深い味が出てくるスルメのような言葉である。

百歳長寿十カ条

次に、百歳記念講演で聞いた「百歳長寿のコツ」を要点のみ記してみたい。
一、運プラス努力――努力なしに百歳まで生きられぬ
二、食事――三十回嚙め、総カロリー減らせ

三、運動――歩く（呼吸の仕方――丹田式が良い。リズムは、吐いて吐いて吐いて吸う。吐くが大切）、筋トレ（週二回、毎日体重計れ）
四、うつぶせに寝る（オハラピローの使用）
五、新老人の三大スローガン――「愛し愛される努力」「創《はじ》める」「耐える」。とくに「創める」が重要。これまでにやったことのないことを始める
六、笑顔の練習（笑いは人を喜ばせ自分を健康にする）
七、おしゃれをする（老花は美しく）――自分がどうしたらきれいに見えるか工夫する。
八、メメント・モリ（死を想え）
九、ボランティア（人の喜ぶことをする）
十、感謝の心（にっこり笑ってありがとうを言う）

日野原重明先生ありがとう。

17——「幸福を招く三説」を読む

報われる生き方とは

特別養護老人ホーム「等々力の家」の施設長だった頃の話である。老人ホームの大広間に、春の日差しが柔らかく注いでいる。

「早くお迎えが来ないかなあ。主人は五十年も前に私を残して天国へ行っちゃった。いい男だったよ。私は運が悪いんだ」

Tさんは私を見るといつもこの話になる。九十歳、元「日劇」のダンサーだったというが、今はその面影もない。が、何となく雰囲気がユーモラスではある。

もう一人の九十歳のWさんは、「私は幸せ。何もせず、おいしいものをいただいて、居心地の良いお部屋で皆さんにやさしくしていただいて。歌を歌って、ハッピー」といつもにこにこ笑いながら、ときどき英語を入れて話しかけてくる。白髪の笑顔が美しい。

車椅子にのって要介護度五のシニア群がたむろしている姿を見ていると、何がハッピーで何がアンハッピーか、幸運・不運というものが運命によって決まっているものか、それとも努力によって変わるものなのか、幸運を招きそれを持続させる方法があるものだろうか、など、人としての報われる生き方についてしみじみと考えさせられる。

折も折、百年に一人の頭脳といわれた幸田露伴（明治時代の文豪）の『努力論』に、「運命と人力」「幸福を招く三説」について書かれてあるのを見つけた。すばらしい内容なので、ぜひ読者の皆さまに紹介したいと思ったが、原文は文語体なので、渡部昇一氏が口語体で訳したもの（三笠書房刊）を参考にし、私として重要と思われるものをピックアップしてみた。

運命と人力と

まず露伴は、運命との綱引きに勝つ方法として、次のように述べている。「人間は運命など認めたくないのだが、運命に何らかの法則があるならば知りたいと思うのが人情である。

そこにつけ入って占い師や人相見が出てきて、人をもてあそんでいる」と、まず占い師を批判。「我々は理知の灯火に照らしていくべきだ。理知があれば、運命と人力との関係は我々も知ることが出来る」と教えている。

運命とは何であろうか。露伴は運命について、「一時の次が二時、今日の次が明日、春が去って夏、人間は生まれて死に、地球も誕生して消滅する。これが運命というもので幸運不運などというものは人間のちっぽけな評価にすぎない」と定義している。

さらに成功者と不成功者をよく観察すると、成功者のほとんどが「自己の力」で幸運を呼んだと思っており、失敗者はすべて自分に罪はなく「運命の力」に左右されたと嘆いている。どちらも一半は真実で、このことから運命も存在するが一方人間の力も存在し、両者は車の両輪のごとく働く、という。

ただし、もし運命を引き動かす綱があるのなら、人力で幸運を引き寄せればよいと強く主張している。幸福な人と不幸な人を注意深く見比べると、幸運を引き出した綱を握っている人の手のひらには血が滴《したた》っており、悪運を引く人の手のひらは柔らかくすべすべしていることがはっきりしている、という。

そして、「幸運を引き出す人は常に自分を責め、他人の責任にしないし、運を恨んだりしない。ひたすらつらい事に耐えて努力している」と。この言葉に露伴の運命に対する考え方が凝縮されていて、努力論のポイントとなっているのではないかと思われる。

幸福を招く三説

さて、このつかんだ幸福をさらに積み立てて一日も長くとどめおくために、どうしたらよいか。その望みに対し彼は、「幸福の三説」を提言している。

これは露伴独特の説で、『努力論』の中の白眉《はくび》である。読者はぜひ注目し、ご自身の習慣に取り入れられることをお勧めしたい。

1 惜福（セキフク）

惜福とは、「福を惜しむ」こと、つまり福を使い果たしたりしないこと。「幸福は七度人を訪れる」という諺があるが、調子に乗って目一杯福を使い果たさないよう自らを抑制すること。ただし、吝嗇《りんしょく》とは違う。徳川家康の生き方に、この惜福が見られる。

2　分福（ブンプク）

分福とは、自分の得た福を他人に分け与えること。

分福は人に愛され信頼を得るものであるから、人の上に立つ者は必ず分福の工夫を徹底することを勧めたい。秀吉の成功は分福にあったと露伴は言っている。

惜福と分福は一見相反するが、両者を兼ねるとなぜか幸運に出会うチャンスに恵まれる、とも言っている。

3　植福（ショクフク）

植福とは、十年先百年先を考えて自らの力で人の世の幸福をもたらす物質知識を提供することである。一粒の種子を蒔き、将来のために作業をするフィランスロピー（博愛）の精神である。人類が今日あるのは祖先の植福のおかげであることを忘れてはいけない。

惜福は福を保持し、分福はさらに福を招き、植福は福を創造していくのである。

幸福を招く三説の実行で、読者が幸せを招き、それを持続されることを祈りたい。

18——再び「幸福を招く三説」を読む

「三説」をより深く考える

前回書いた露伴の「幸福を招く三説」について、再度詳述してみたい。

1　惜福——徳川三百年の礎を築く

福を使い尽くさずにおくという心がけを、露伴は「惜福の工夫」と言っている。「受け取ることが出来る福を、すべてとり尽くさず、使い果たさず、これを天といおうか将来といおうか、目に見えない茫々たる運命にあずけておくとか、積み立てておくことを『福を惜しむ』というのである」と露伴。

さらに、惜福の工夫がないために哀れなる末路を見せた歴史上の人物として、平清盛、木曽義仲、源義経などを挙げている。家康は秀吉より器量において数段劣っていたかもしれないが、惜福の工夫には数段優っていたために、徳川三百年の礎を築くことができた、と。

木の実でも花でも、十二分に実らせ、花と咲かせれば、収穫も多く美しいに違いないが、結局はその木を疲れさせてしまう。二十輪の花の蕾を七、八輪摘み取り、百個の実が実らないうちに数十個摘み取ってやるのが惜福である。こうすることで花も大きく実も豊かに、そして木も疲れさせないのが、惜福の工夫であると言っているようだ。

驚くべきことに、露伴は、木を乱伐するな、魚を乱獲するなと、明治の時代において環境問題に警鐘を鳴らしている。まさに現代のアル・ゴアである。アル・ゴアはアメリカ大統領選でブッシュ（ジュニア）に敗れた後、地球環境問題について全世界で講演し、地球の破滅を防げと叫んで、『不都合な真実』という映画まで作って全世界に呼びかけている。露伴も、他人の惜福の工夫も大事だが、国家の惜福も一層真剣に考えるべきだと、明治時代の日本国民に呼びかけているのはさすがで、百年に一人の頭脳と言われただけのことはあると思う。

2　分福――自他の〝情〟のコントロール

分福を一言で言えば、「うまい酒ほど他人と一緒に飲め」ということである。人間と他の動物の異なるところは、おのれを抑えて人に譲り、情をコントロールできることである。人間は、「物が足りなくても心が足り、欲が満たなくても情が満ちる」ことを悟るのが、分福のキーポイントなのである。

露伴は、分福について次の例を挙げている。

ある名将は部下が多くて酒が少なかったので、その酒を川に投じてみなでそれを汲んで飲んだという。その水を飲んでも酔うはずもないが、その名将の恩愛に部下は酔いしれたのである。このように分福の配慮ある名将に対しては、部下も献身を誓わぬ者はない。人の上に立つ者は必ず分福の工夫を徹底しなければならない、と露伴は強調している。私は、分福の工夫は、人の上に立つ者のみならず、高齢者にとっても重要な配慮であると思う。

福を分け与えるという心は春風であり、福の量がどんなに少なくてもそれをもらった人は非常に好感情を持つものである。春風は人の心を和らげ、ものを育む力がある。高齢者は、物・智恵・経験・時間・金を持っている。その一部を若い人へ、また地域に住む人へ、分福をすることによって、高齢者自身も心を満たし、生きている喜びを味わうことができると思うが、いかがであろうか。

露伴は「惜福と分福を兼ね備えた真の福人は少ない」と指摘している。だからこそわれわれは、惜福と分福の工夫に頭を使って生きていくことによって、人生の幸福をつかむことができると示唆されているのではないだろうか。

3　植福——フィランスロピーにも通じる

植福は一言でいえば、リンゴの種子を播くことである。それを成木にすれば、将来、一株のリンゴの木から数百個の実がなり、その一株が数百株になる。スタートは小さなことでも、幸福の源泉となることが植福である。この植福の精神、行動こそが世界を進歩発展させて豊かにしていく。別のところではそれを「フィランスロピー活動」と書いた。

フィランスロピーについて簡単に説明すると、たとえば、飢餓に苦しむ子どもにパンを与えることは一時的満足である。しかし、その子どもに釣りの仕方を教え、自分で魚を釣る力を与えること、それは一時的満足にとどまらず飢餓に苦しむ原因を追究し解決していく行為となる。それをフィランスロピーという。

フィランスロピーは「社会的貢献」と日本語で訳されているが、どうもピッタリこない。露伴の命名した「植福」を訳として宛てたほうが適切かもしれない。

19　ボケずに百まで

映画『毎日がアルツハイマー』に共感

「死は怖くないが、ボケと病気が怖い。この難関をうまく潜り抜けピンピンコロリと行くのが私の切なる希望だ」と作家の菊村到が言っているが、まことに同感である。

とくにボケが怖いことは私の五年間の特別養護老人ホーム施設長時代にいやというほど味わわされた。ある冬の夜の十時ごろ、帰宅前に施設を巡回していると二階のカーテンがメラメラと燃え上がっているのを見つけ、必死になって消し止めたが、あと五秒遅れていたら大火事になるところだった。カーテンのそばで一人の老婆がライターを持ち、「花火だ花火だ」とニヤニヤしながらわめいている姿を見たときは、足の震えがとまらなかった。八十九歳のこの人はかつては芸能関係の仕事をしていたそうだが、今は完全な重症痴呆（大ボケ）になってしまった。これはひとごとではない、明日は我が身だと思った。

人口の四分の一が高齢者である日本。高齢者は遅かれ早かれボケていく。これが日本人の大きな問題になっていくことは間違いない。しかしその割には、ボケに対する政府の対策も個人の心構えもできていない。ボケを「認知症」と名を変えても（このコラムではボケとも書かせていただく）、ボケになった途端、本人も家族も慌てふためくばかりというのが日本の実態である。せめて認知症（ボケ）の基本知識だけでも知っておきたいと思った矢先、『毎日がアルツハイマー』という記録映画を見る機会があり、その映画監督の関口祐加さんと直接お話しすることもできた。

関口さんはオーストラリアに二十九年間いて現地人と結婚し、現在離婚して帰国。その直後母のアルツハイマーに直面し、母と娘のボケとの葛藤を長編映画という形で描いたのが『毎日がアルツハイマー』である。

映画の中では、認知症研究の大家といわれる遠藤英俊氏（国立長寿医療研究センター診療部長）と新井平伊氏（順天堂大学教授）のボケについての見解も披露されている。

この映画は実話であり、ボケにまったく無知の一般人の驚きと戸惑いがよく表現されて共感するところが多く、その対策も含めてわれわれ一般人に大変参考になるものであった。

認知症（ボケ）に対する基本知識

ではここで、認知症（ボケ）に対する基本知識と思われるものをお示ししたい。まとめるにあたっては、金子満雄医師（浜松医療センター院長）の「ボケは防げる、治せる」（日本農村医学会47巻6号）という講演録を参考にさせていただいた。私のささやかな経験も踏まえてはいる。

一、ボケ前の対策

老人性痴呆の大部分は遺伝ではなく若いときからの生きざまから来る。したがって、ボケの予防もできるしボケが起こっても軽くする治療もある。とにかく早くボケに気づいて対処することが大事である。（金子先生）

① 小ボケの症状――㋑人の意見を聞かない、㋺同じことを繰り返す、㋩無表情でボンヤリしている、㊁認知症テスト三十点満点で二十四点以下

②　中ボケの症状――㋑ガス水道のとめ忘れ、㋺味付けが変になる、㋩お金や持ち物のしまい場所忘れが多くなる

③　大ボケの症状――㋑風呂をいやがる、㋺今いるところがわからなくなる

小ボケ中ボケの段階で早くＣＴスキャン・ＭＲＩ（効果的）を撮ること。アイソトープ検査も効果的である。（遠藤先生）

二、ボケが発見されたときの対策

初めてボケに気付いたときは本人も家族もショックが非常に大きい。このとき大切なことは、慌てずに、医師にゆっくりと現状を話すこと。とくに前記の遠藤先生は「物忘れセンター」を開き、一人ひとりと二時間くらい話し合うことを重視している。発症してから約十年続く病との闘いにどう対応するかを、家族の中でしっかり話し合うことがきわめて重要である。

ボケが出たときに脳の異常は五パーセントで、九十五パーセントは正常であり、とくに喜怒哀楽の感情面は敏感なので、叱るより「ほめること」、「笑いあうこと」。そして介護は六十点でよいと割り切り、他人の力（デイサービスなど）を十分利用し、自分自身に抱えこま

ぬこと。ボケは多幸症ともいわれ、本人はまわりが考えるほど苦しんではいない。（新井先生）

三、ボケ予防策

ボケにつける薬はなく（金子先生）、事前の予防が大切である。

四大対策として、①歩く（一日五千歩をめどに）、②遊ぶ（歌、マージャン、囲碁、旅行など）、③講座を聞く（老人クラブへ行く）、④日記をつける、が推奨される。要は「脳のリハビリ（頭を使う）」と運動である。

どんな人でも老いは否応なく訪れる。ボケをただ恐れて避けて通るのではなく、これも人生の一段階と考えて、確かな知識のもとに適切な対応をしていくことが求められることであろう。

20 賢治と良寛の生き方——その共通するところ

再評価される賢治

以前、「宮沢賢治のデクノボー人間観——長岡輝子（一〇一歳）の朗読（ＣＤ）を交えて——」というタイトルで講演をした。ところが会場にあふれんばかりの人が集まり、一瞬、私の講演に人気が出てきたのかなとうぬぼれたが、さにあらず。聴衆は長岡輝子さんが来ると思ったようで、ある男性なぞ宮沢賢治が来ると思ったと言い、大笑いし、お詫びもした。

講演のあと、集められたアンケートの中で、「身の引きしまる気がした。自分の人生観をもう一度振り返り反省したい」という感想が八十歳の男性から出ていたのがきわめて印象的であった。戦後、高度経済成長下で何事もハヤク、ハヤクと効率第一の人生を貫き通してき

21 「花はどこへ行った」と二人のドイツ人女性

本来はフォークソング

第二次世界大戦後六十五年、日本はまことに幸せなことに平和が続いている。平和が続くと少々平和ボケになって戦争への危機感が減り、沖縄の普天間についても、むなしい議論が繰り返されている。この議論の中には、「安全保障条約が破棄された場合、日本はどうやって自国を守るのか」、「戦争が起きた場合、日本はどう対処するのか」の重要なポイントが抜けている。また世界唯一の核被爆国として「もう戦争は絶対に止めよう」という強いメッセージを世界に発信する動きも、一時に比べれば大きく減少しているように見える。

ここでは、「戦争は止めよう」、「いつになったら人間は悟るのか」と強く主張した二人のドイツ人女性についてお伝えしたい。その一人はマレーネ・ディートリッヒ（女優・歌手）、もう一人はカタリーナ・ビット（「銀盤の女王」といわれたフィギュアスケーター）である。この二人は世界でヒットした「花はどこへ行った（Where have all the flowers gone?）」という歌を武器にして、反戦のメッセージを世界に伝えようとしたことで有名である。

この曲はもともと反戦歌ではなくフォークソングで、ピート・シーガ（アメリカ）によって作詞作曲された。一九六〇年代にキングストントリオやＰＰＭ（ピーター・ポール＆マリー）によって歌われ、その爽やかで軽妙なメロディーは次第に広まっていった。私もノースカロライナ州（アメリカ）にいた頃、パーティーなどでアメリカ人が楽しそうにこの歌を歌っているのを何度も聞いたことがある。

ベトナム戦争で反戦歌となる

この歌はベトナム戦争の真只中で兵士が歌い、一躍反戦歌として広まっていった。泥沼化したベトナム戦争に対し厭戦ムードが兵士にも米国内にも蔓延し、そのムードとあいまってこの歌が反戦歌として急激に広がっていったと思われる。

作者のピート・シーガは、「この曲はノーベル賞作家のミハエル・ショーロホフ（ロシア）の『静かなるドン』を参考にした」と記している。この本にはロシア革命の頃のコサック兵の苦悩が書かれ、その中に「コサックの子守唄」がある。「少女はどこへ、コサックと結婚、コサックはどこへ、戦場へ」という歌詞からピート・シーガがインスピレーションを得て引用したとも言っている。そしてピートがモスクワで公演することになったとき、引用したお礼にショーロホフに招待状を送ったが、病気のため残念ながら出席できなかったとショーロホフの娘は語っている。

ここでマレーネ・ディートリッヒの歌をお聞かせできないのは残念だ。私は「花はどこへいった」の講演をするとき、おこがましくもその一節を歌うことがある。「浜辺の歌」のようなしみじみと心にしみ入る歌と想像していただきたい。知っている方は口ずさんでほしい。

小室等（フォークシンガー）の歌う日本語の歌詞は、

野に咲く花は　どこへゆく
野に咲く花は　きよらか
野に咲く花は　少女の胸に
そっとやさしく　いだかれる

原曲は、「少女はどこへいったの。みんな若い男に嫁いでいった。若い男はどこへいったの。戦場へ」と続き、最後は「兵士となって死んで墓になった。墓の土に夏の風が吹いている。墓石のまわりに花が咲いている。いつになったら人間は悟るのか。いつになったら分かるのか」。

ディートリッヒはナチスが嫌い

さて、ここでマレーネ・ディートリッヒの登場である。彼女は一九〇一年ドイツの首都ベルリンの中流貴族の家に生まれた。無名の女優であったが、たまたまドイツに来ていたアメリカのスタンバーグ映画監督に見出されて「モロッコ」「嘆きの天使」に出演し、一躍有名になった。

当時、ナチスのヒトラー総統はドイツに帰ってくるよう再三、命令を出したが、大のヒトラー嫌いな彼女はアメリカの市民権を得て、故国には帰らなかった。マレーネは志願して連合軍慰問のため、弾丸飛びかう戦場に再三出て行き歌を歌い、兵士慰問の功績で、アメリカ市民として最高の栄誉賞を授けられている。

ベトナム戦争の頃マレーネは母国ドイツに行き、ドイツ語で「花はどこへ行った」を歌おうとしたが、あらゆるメディアは「マレーネアメリカへ帰れ、ドイツ語で歌うな」と批判した。それでも断固としてドイツ語で歌い、トマトを投げつけられたという話もある。

歌い終わっても拍手もない会場に一人の若い兵士のすすり泣く声が聞こえ、次第にさざなみのような拍手が湧き上がり、あっという間に万雷の拍手に包まれた。そのときろう人形のようにうつむいていたマレーネの顔に輝く笑顔が走った、と偶然この会場にいた五木寛之氏が「ふりむかせる女たち」というエッセイに書いている。マレーネはヒトラーが嫌い、戦争は嫌い、でもドイツは大好き、戦争は止めようと訴えているのだとドイツ人が理解した一瞬であった。

マレーネは一九七〇（昭和四十五）年大阪万博で来日している。一九九二年九十歳でパリで死去し、彼女の故郷ベルリンに埋葬された。最近、ドイツの映画博物館にマレーネ・ディートリッヒ記念堂がオープンしたという。

旧東ドイツの天才少女スケーター、ビット

さて、もう一人のドイツ女性はカタリーナ・ビットである。彼女は一九六五年当時の東ドイツで生まれた天才フィギュアスケーターで、十八歳の一九八四年、サラエボ（当時ユーゴスラビア、現ボスニア・ヘルツェゴビナ）冬季オリンピックで東ドイツ代表として見事、女子シングルの金メダルを獲得、次の一九八八年カルガリー（カナダ）オリンピックでも連覇を達成している。

連覇の翌一九八九年にベルリンの壁が崩壊し統一ドイツになった。ところが一九九一年にサラエボの内戦が起こり、戦火の中で友人たちもたくさん死んでいった。彼女はその状況を見て、既に引退していたがもう一度オリンピックに出場し、戦争は止めようとスケートを通して訴えたいと思った。そのとき二十八歳。ピークはとっくに過ぎていたが必死に練習し、ついに一九九四年リレハンメル（ノルウェー）冬季オリンピックの出場権をかちとった。

オリンピックでは反戦曲「花はどこへ行った」を選んだ。旧東ドイツ出身、クレトマズワ指揮のすばらしい演奏と真赤なコスチュームを着て氷上で心を込めて平和を祈りつつ滑る美しい姿に観客は息をのんだ。

結果は七位ではあったが、割れんばかりの拍手と氷上に投げられた花束の数は全選手中のトップであった。この映像を見る度に私も胸が熱くなる。二人のドイツ女性の頑固なまでの美しく不屈の精神に日本人としても大いなる拍手を送り、戦争は止めようと大きく叫びたいものだ。

＊本稿は、NHKハイビジョンスペシャル　BS二十周年ベストセレクション『世紀を刻んだ歌「花はどこへ行った～静かなる祈りの反戦歌～」』（二〇〇九年九月五日放映）を参考にしたためた。

22

――懐かしき香港(1) 随郷入郷

香港で得たさまざまな経験

私の人生で、いつの時代が最も面白かったかと聞かれたら、迷うことなく「香港時代」と答える。

初めての海外生活なので、見るもの、聞くものすべてもの珍しく、新鮮な驚きがあった。年齢も若さあふれる三十六歳から四十一歳。仕事も分かりだして自信満々。三十八歳で現地法人の社長になり、家族四人も健康ですべてが順風帆々であった。その後に幾多の苦難が待っているとは、知るよしもなかった。

三菱電機の関連会社に過ぎないとはいえ、社長という肩書きがつくと、会社の代表として日本では会えないような有名な人々に近くで接することができた。その中で大平正芳氏（当時蔵相、のちに首相）や、関根恵子さん（女優、現姓高橋）などは今も爽やかな印象が残っているが、とくに強烈な印象を受けたのは石坂泰三氏（当時経済団体連合会会長）である。

彼は当時八十歳くらいであったが、とにかくよく食べる人だった。日本総領事館に招かれてディナーの広東料理すべてをペロリと平らげ、その後、私と香港ネイザンロードのレストランで二百グラムのステーキをおいしい、おいしいといって平らげた。そのうえ、知識欲が旺盛でフェリーに乗ると、この水深は何メートルか、香港島から何分で対岸の九竜半島に着くか、連絡船の最終時刻は何時かなど、矢継ぎ早に聞き、一通り質問が終わって納得するとポケットから単行本を取り出し、読みはじめる。ふとその本のタイトルをのぞき見ると『アヘン戦争』とあり、しかも英文の本である。世の中で大成功する人は、貪欲な好奇心と超エネルギッシュな体力（そのために食べる）の持ち主であると思い知らされた。

当時の香港日本人会の各社の代表には四人のワタナベがいて、レストランからの請求書が間違って送られてきてお互いに迷惑していた。四人のワタナベの内訳は、日本銀行、三菱重工、日興証券、三菱電機であった。そこで四人が話し合って、日銀のナベさんは「銀ナベ」、三菱重工は船担当であったから「船ナベ」、日興証券は「カブナベ」、私は「デンキナベ」と名づけ、ときどき四人でゴルフをしたり飲茶したりした。

好食飲茶を味わおう

「香港飲茶」の美味しさは特別で、香港人は大好きである。「食は広州に在り」といわれるように、中国人も広東料理は「好食（ホーセック〈おいしい〉）」と認めている。

中国では「東辣（トンラ）、南甜（ナンティム）、西酸（スサン）、北咸（ペシェン）」という言い方がある。東方ではピリッと辛い味（「辣」）で、四川料理がその代表。南方では上海料理で甘辛い味（「甜」）。西方では酸っぱい味（「酸」）。北方は塩っからい（「咸」）味で、北京料理がその代表である。

「財」が何より大事

日本の二十五倍の広さを持つ中国では料理のみならず言葉も東西南北の方言が大いに異なり、北京人には香港の広東語がまったく通じない。

香港の正月に言い交わされる「あけましておめでとう」という挨拶は「恭喜發財（コンヘイファッチョイ）」と言う。「恭喜」はおめでとうだが、「發財」は儲けましょうという意味。すなわち商売上手な香港人は、お正月から今年も大いに儲けましょうと言っているのだ。「發」は儲けるという意味なので、同じ発音の「八」が縁起のよい数字になる。北京オリンピックで二〇〇八年八月八日八時八分に開会式の花火が上がり、開会宣言がなされたことは、この言葉に由来するものであることがお分かりいただけると思う。

この言葉のゴロ合わせのようなことが正月料理にも関係してくる。正月の料理の中には必ず細くて長いソーメンのような昆布の煮物が入っている（時にはもずくの場合もある）。これは「發財」に関連している。「發（ファ）」は「髪（ファ）」と同音で、「財（チョイ）」は「菜（チョイ）」と同音。菜は惣菜だが、昆布の煮物は髪の毛に似ているから正月は「髪菜（ファチョイ）」を食べながら今年も儲けるぞと香港人は思っているようだ。

「随郷入郷」の失敗体験

言葉のゴロ合わせのついでに、もう一つ覚えていただきたいことがある。お祝いの贈り物をするとき、とくに開店祝に柱時計を贈呈してはいけないということである。

柱時計は「鐘（ソン）」といい、それを贈ることを「送鐘（ソンチョン）」というが、まったく同じ発音で「送終（ソンチョン）」という言葉がある。その意味は「臨終」となり、あの世に旅立つ人を見送ることを指していて、開店してもすぐ倒産する意味となる。

この習慣を知らずに少々高い柱時計を購入し、取引先の開店祝として意気揚々と私自ら運んで取引先の社長を怒らせ、平あやまりにあやまった若き日のほろ苦い思い出は懐かしい。

「麻雀雖小五臟全倶（テチョソイシウウソンコイチュン）」（雀は小さいけれど五臓はそろっている＝香港は小さいが、世界中のものは何でも揃っているの意）――これは香港を代表する言葉であり、香港人の誇りであると、私の香港人の親友、荘競雄氏、李振國氏、ピー・ワイ・トン氏が教えてくれた。

同時に「隨郷入郷」とも言われた。これは日本の諺《ことわざ》に言う「郷に入っては郷に従え」より一歩進んで、郷の習慣をよく承知して郷に入り、日本人の中だけに閉じこもらず土地の人々となじんで気持ちよく過ごしてほしいということ。彼の言葉は社交性や奉仕の精神に乏しい日本人への忠告であったなあと思い出されるこの頃である。

23
――懐かしき香港(2)　三菱黄金扇事件

中国人は信頼できないか

『いつまでも中国人に騙される日本人』(ベスト新書)という本がある。著者は坂本忠信氏。元警視庁の刑事であり、中国語の通訳捜査官として一千四百人以上の日本在住の中国人犯罪者を取り調べた経験がある。

その経験から彼が強く指摘しているのは、中国人というのは日本人が想像している中国人像とは実態があまりにもかけ離れていることを知るべきだ、ということである。そして、中国人は絶対にあやまらない、現行犯でつかまえても、絶対に自分は悪いことをしていないと強引に反論し、ウソをつくのも自己防衛のためと警察で堂々と主張するので取調べの刑事もほとほと困っている、ということなどである。一方で、中国人が日本で犯罪を犯しやすいのは日本人のお人好しすぎる性格と危機意識の薄さに起因しているとも記している。

「日中友好が大切」とか「中国人をもっと信頼すべきだ」と説く日本人には、「もっと相手の態度をしっかり見極めてから、そういうことを言うべきだ」、日本国憲法の前文に「平和を愛する諸国民の公正と信義に信頼して、われらの安全と生存を保持しようと決意した」と明記しているが、他国への信頼に命を預けている命知らずの国民は世界に例がない、と強調している。

私には中国人の親しい友人がいるので、彼の主張は少し厳しすぎるかなと思う点があるが、いつも中国人犯罪者を追っている刑事の目から見れば日本人のノーテンキさに我慢ができないのであろう。一生懸命忠告してくれている姿勢はよくわかる。永年香港に住んでいた私の経験からも、彼の主張する内容にはうなずかされることが多い。

恥を忍んで私の失敗例をご紹介してみよう。題して「三菱黄金扇」事件。

純金の兎をプレゼント

当時(一九七〇年頃)、私は香港にある「菱電貿易公司」という会社の責任者をしていた。家庭電器販売を中心とした会社であり売上げの五〇%は三菱製の電気扇風機で、日本でもナンバーワンのこの製品は香港でもナンバーワンの不動の地位を占めていた。ところが、松下電器はじめ次々と電機メーカーが参入してきて、ある年の夏は松下電器にナンバーワンの地位を奪われてしまった。そこでリベンジの戦略を考えに考えて東京本社に提案した。「金色の扇風機を製造してほしい」と。

当時、扇風機の羽根は水色、空色、緑色がほとんどで金色は皆無であった。私は直感的に、香港人は金色が好きに違いないと思った。香港人は中国人でありながら中国人ではない。イギリス領でありながらイギリス人でもないので自分の国を信用せず、したがって自国の通貨も信頼せず、儲けた分はなるべく金塊に交換していた。

メガネの縁、指輪、時計、ネックレス、イヤリングなどすべてゴールドにしろ、いざというときには金にしていれば安全だからと香港人の友人は教えてくれた。「金の価値と美しさ」、それが香港人を魅了していると思った。

そこで私は、金色の羽根の扇風機を「三菱黄金扇」と名づけて売り出すことをひそかに企画した。さらにその年は中国十二支の兎年であったから、「三菱黄金扇」を購入した人の中から抽選で一等賞二等賞三等賞としてそれぞれ十オンス、五オンス、一オンスの純金の兎の置物が当たるというユニークな販売戦略を立て、テレビ、新聞を使って大々的に宣伝した。

この戦略が見事、図星となり、前年度の二〇〇%ともいえる数量が一週間で完売してしまった。夏が過ぎてもまだ暑い香港なので急遽数千台生産の追加をしたが、それも奪い合いの状態で完売し私は得意満面であった。

そして約束通り、公開で抽選をして当選者とマスコミを一流ホテルのマンダリンホテルに招いて、ディナーつきの表彰式を行った。純金の兎の置物をもらった香港人の嬉しそうな顔や華やかなパーティーの写真が翌日の新聞に記載されていた。

お人好し日本人を演じる破目に

ところが、その日から一週間後、突然一等受賞者から「お前の会社はインチキ会社か、あの兎は純金ではないぞ」とものすごい剣幕の電話が入った。「そんな馬鹿な」と言って急いで購入した宝石店の店主Rに問い合わせると「俺の面子《メンツ》をつぶす気か、そいつこそインチキだ」とどなられた。

Ｒは永年取引がある店だからまさか騙すことはしないだろうと思っていたら、二等三等の受賞者から次々に「品物は偽モノである、どうしてくれる」という電話が入り、Ｒへの信頼がゆらいで来た。

その後Ｒへ何度電話しても通じないので、翌日早朝社員を連れて宝石店に乗りこんだところ、店の中はすっからかん、もぬけの空であった。「渡辺（トーピン）さん、私があなたを裏切る人間と思いますか」と言った彼の言葉を反芻しつつしばし茫然と立ちつくしたあの日のことは今も忘れられない。

私も典型的なお人好し日本人であったのだ。

24
——夫婦喧嘩は「味が素《もと》」

味の論争五十年

「あれから四十年……」は綾小路きみまろの切口上であるが、我が家は「喧嘩しながらほぼ五十年」というところ。喧嘩の原因は、大体食物の味である。「こんなうすいものが食えるか！」と怒鳴ると、「何言ってんの、東京の味は濃すぎるのよ、関西の人はみんな東京のうどんはミミズみたいで食べられたもんやない、色は真黒で辛すぎる、と言ってるわ。第一辛いのは血圧に良くないことくらい分かるでしょ。ぶつぶつ言うなら食べなさんな！」とくる。「いい家内十年たったらおっかない」などという川柳を思い出しながら、それでも私は主人なのである。いつも最後は私の一言で夫婦喧嘩はビシッと収める。「俺が悪かった」……。

心の中では頑固な奴だと思いつつ、こっそり七味や醤油をかけたりして、ほぼ五十年たった。家内が悪いのか関西の味が関東の味に合わないのかと考えている時、「江戸城四百年記念ソバリエ資格取得イベント」に出会った。ソバリエというのはワインのソムリエをもじったものである。神田やぶ蕎麦、更科蕎麦社長の講話や、ソバ粉の生産者、昆布や唐辛子、鰹節を使ったタレの研究者の話。そして二十五店のソバ屋を食べ回って感想文を提出。ソバ切りもやって講義は終わる。合格するとソバリエの称号が与えられる。

幸い私は合格したが、その時有名蕎麦屋の社長の関東と関西の味の違いについての話が、特に印象的であった。その社長の話を簡単にまとめると、次のようになる。

関東人と関西人の食文化の違い

彼が言うには、味の違いの大きな点は、とれる魚と好まれるダシである、と。つまり明治以前、関東でとれる魚は北方から周遊する鰹など赤身が多いこってり味が中心であった。一方、関西は瀬戸内海で育った鯛はじめ白身魚が多く、おのずと淡白な味が好まれた。

この「基本的な味覚の違い」がダシの違いにも現われ、関東ダシは赤身の魚の濃い色と味い昆布ダシが主流となった。関西が昆布ダシになったもう一つの理由は、江戸時代の昆布の流通ルートが北海道から大阪へ北前船で直送されたことで、関東にはこのルートがなかった。その結果、兵庫県竜野に薄口醤油が誕生し、大阪・京都に伝わり関西の薄口文化が定着したようだ。

思い起こせば家内は竜野にほど近い姫路の生まれだし、姪も醤油屋へ嫁いでいった。我が家は薄口の本場に攻め込まれているわけだ。

江戸時代、贅沢なもの、美味なものはおしなべて帝《みかど》のおわす上方から江戸へ下った。酒も関西の灘から江戸に送られた銘酒を「下り酒」といい、その反対にまずいもの、つまらないものは「下らない」となったという。さらにその社長は、うどんと蕎麦について次のように語った。

西のうどんと東の蕎麦

関西はうどん文化、関東は蕎麦文化といわれている。なぜか。関西のうどん屋に言わせれば、近畿圏は江戸時代良質の小麦が産出されたのと、地下水が軟水であったため昆布ダシによく合っていたこと。大阪では麺よりもダシに重きが置かれ、うどんはダシを吸いやすいように柔らかいものが好まれた。一方、東京ではコシのあるうどんを好み、讃岐うどんが人気がある。関西人に言わせれば「東京モンはダシの価値がわかっとらん」ということになる。

では、なぜ東京ではうどんよりも蕎麦なのか。筆者に蕎麦切りを教えてくれた蕎麦有名店の職人が小さな声で、「うどんは誰でもできるが、蕎麦は長い修行がいる。蕎麦こそ正統な食べもので、うどんは安い食べもの（ファーストフード）ですよ」とささやいた。蕎麦屋はうどん屋に優越感をもっていると知って驚いた。この人に練馬区の石神井公園にある「エン座」の芸術的ともいえる素晴らしいうどんを食べさせてみたい。きっと腰を抜かすことと思う。東京にもうまいうどんがあるのだ。

さて、江戸時代蕎麦が江戸の主流になったのは、当時「江戸わずらい」と呼ばれる脚気が流行し、それを蕎麦で防止することができたことが一つの大きな理由である。しかし、根本的には上方うどんへの対抗心と江戸っ子の粋とが結びついたのではないかといわれている。

江戸っ子の蕎麦の食べ方には、六つの作法がある。

① もり蕎麦は蕎麦の風味を味わうべく先だけを汁に浸せ。

② 口に入れ噛まずに飲みこみ、のど越しを鼻で香りを楽しめ。
③ 大きな丼に蕎麦を入れるな、分けて食べよ。
④ 箸は割り箸にせよ、塗り箸はすべる。
⑤ さっさと食べてさっさと引き揚げるのが粋。
⑥ 蕎麦を食べることを「手繰る」という。

以上が、江戸っ子の蕎麦道である。関西の連中はこれが分からないから困るという関東人もいる。立川談志はそばは六本、うどんは三本ですすれと言っている。では、関西と関東の境界はどこなのだろうか。

関西と関東の分岐点

どの辺から濃い醤油で、どの辺から薄口になるのか。カップうどんのトップである日清食品の「どん兵衛」は、カップの側面にEとWのマークをつけている。EはEAST、WはWESTで、Eはダシが鰹ダシの濃口、Wは昆布ダシの薄口仕上げである。その境界線が一つの参考になる。境界線は大阪と名古屋の中間に位置する滋賀県と三重県で、この両県のコンビニでは両方（EとW）が販売されている。歴史的にみれば境界は近江の逢坂関（大津市）。そこには東からの侵入を防ぐ厳重な警戒体制があったという。

テレビ朝日系『タモリ倶楽部』の立喰いうどんのつゆ実地調査では、岐阜羽島の隣の米原駅から完全に関西風の味覚になると報告している。この辺から正月の雑煮の餅も、関東の四角から丸餅になり白味噌が使われるようだ。ついでながら、東京のバカ、名古屋のタワケも、この辺りからアホに変わってきている。

西と東の文化のフォッサマグナ（境界線）の参考になれば幸甚である。

25 日本とアメリカ、何が違うか

トランプショックの衝撃

まず冒頭に、この紙上をお借りして「なべさん湧くわく講座1000回記念講演」に対する健生会の皆様の強いご協力に心からお礼申し上げたい。感謝状の代わりに頂いた練馬大根一本の価値は、私にとって人生最高の文化勲章に勝るとも劣らぬものであった。これがアメリカならばボランティア市民大賞としてマスメディアに大きく取り上げられること間違いない。大会の終幕で「ありがとう　感謝」の歌を歌っているうちに感動がこみ上げて歌詞を忘れてしまい、ただただ頭を下げて引き下がったことはお許し願いたい。

その日の喜びと緊張で血圧が異常に上がり、さらに数日後のトランプショックで「20

0」近くまで上がってしまった。それは私が「湧くわく講座」で何度も、必ずヒラリー・クリントンが大統領になると断言してきたことに起因する。十一月九日テレビでトランプ逆転勝利の字幕を観た時は一瞬眩暈がしたほどであった。私自身アメリカのMIT（マサチューセッツ工科大学）スローンスクールを卒業し、三菱セミコンダクターアメリカの社長として現地で経営の経験もし、また娘もアメリカ人の新聞記者（ワシントンポスト）と結婚しアメリカの友人とも今も交友が続いているという関係から、日本人としては少しはアメリカ通と自負してきた。トランプごときが大統領になるなどとは夢にも思わなかった。

私の畏友・岡本行夫氏（外交評論家：二〇二〇年四月、新型コロナウイルス肺炎にて逝去）も、まったく思わなかったとNHKテレビで白状していた。日本のマスメディアもほとんどミスジャッジして放心状態である。なぜこんな間違いをしたのだろうか。日本人はアメリカが分かっているようで分かっていないのである。

つかみどころのないアメリカ

分からない原因の一つは、アメリカには全国紙がない、いわゆる世論をつかむ中央紙がないことである。アメリカ人に「なぜないのか」と聞いたら、「アメリカは広いから」という返事がきた。

この「広い」は、面積もさることながら各州の法律や生活習慣がかなり違うのである。日本は東京が中心で東京以外へ行くことを「都落ち」と言い、鉄道も「上り下り」と言っている。だがこういう意識はアメリカ人には全然ない。いつもオレが中心。日本人の尺度でみるとニューヨークとワシントンがアメリカの中心で、「ニューヨークタイムズ」や「ワシントンポスト」が日本の朝日・毎日・読売に当たる中央紙とみている錯覚がある。ちなみにニューヨーク駅という名の駅はなく、グランドセントラル駅と言っている。

たしかにニューヨークの人にはニューヨークタイムズ以外の新聞は紙屑であると思っている人が多いが、デンバーではニューヨークタイムズにこのように書いてあると言うと、「フン、ニューヨークタイムズにそう書いてあるなら、そりゃ嘘に決まっている」というような返事がかえってくる（参考・山本七平『日本人とアメリカ人』）。人口六十万人で日本の三分の二ほどの面積のワイオミング州の人にとっては、ニューヨークタイムズなどまったく関心がないし、ニューヨークの人にとってはワイオミングの人は外国人で、人口より家畜の方が多い州だからニューヨークタイムズは売れなくて当然と思っている。アメリカの新聞は約一千七百紙・大新聞といわれる約二百五十紙を取り上げてもアメリカ人の二〇パーセント強しかカバーしていないから、アメリカの世論などつかみようがない。

ではどうしたらアメリカが分かるか。来月からの湧くわく講座で私の経験から具体例を挙げて説明していきたい。乞うご期待！

＊なべさん湧くわく講座は、毎月都内十区で講演、二月と八月は休みなので年百回、十年で一千回講演してきた。二〇一六（平成二十八）年十月三十一日には、一千回講演・講座十周年を祝う会が練馬文化センターで催された。千人が集った

どう老いる？　どう生きる？

26

——老人パワーならぬ暴走老人

「長命」必ずしも「長寿」ならず

日本はご承知のとおり世界一の長寿国である。と同時に、人口の四分の一が六十五歳以上という超高齢大国にもなった。毎月ボランティアで老人ホームや高齢者福祉センターを訪問すると、八十代、九十代という長寿の方が元気に生活していることに驚かされる。

日本語の「長寿」という言葉には、長く生きることはすべて幸せなこと、祝うべきことという意味が含まれているが、実際には幸せでないケースもある。永六輔は著書『大往生』で、「長寿と言わず長命と言うべきだ」と述べているが、私もまったく同感である。いつまでも老いの品位を保ちつつ、人に愛されて長く生きて初めて長寿と言えるのではないかと思う。

高齢化で老害も増大⁉

ところが、「現代の日本は老害をまきちらす人間が溢れる国になってしまった」と深く嘆いている人がいる。その人は、東急東横線自由ヶ丘駅の近くでカラオケ喫茶を経営している飯塚ひろゆき（芸名）さん（七十七歳）。長く世田谷区役所に勤めていたが、定年後プロの歌手を志し、思うところあって退職金をはたいて七年前にカラオケ喫茶を開いたという。

この店に入るとまずシートが渡されるが、驚かされるのは、そのシートに次のようなことが書かれていることである。

「ミミミズの戯言」

・私達の国は遂に礼節、徳育を授ける人がいなくなってしまいました。

・劣化した品位のない人間の溢れるこの国。私達、歌を愛するものは日本語の抑揚と音調の美しさに魅せられてひたすらに歌いつづけたいものです。

「楽しい時をすごすためのマナー」

① 大声でおしゃべりしない
② 人の歌を批評しない
③ 人が唄っている時は一緒に唄わない
④ 歌唱は真面目に
⑤ 携帯電話は外に出て

初めてこの店に入ったとき、まずこのシートを見せられた。主人に「これはちょっと厳しいルールですね」と言ったら、「このルールを守らない人は帰ってもらいます。だから毎月赤字です。いつも来る方はこのルールをきちんと守って楽しい時間を過ごしていただいています。日本人の未来の心を守るためにささやかな老後のボランティアとして続けています」とおっしゃる。

このルールを守らず注意すると怒って帰ってしまうのは、六十歳以上の高齢者が多いという。最近市役所や病院など公共の場で、大声でどなっている高齢者をよく見かける。全国の市役所の市民担当者にノイローゼが多発しているようだ。

『暴走老人』の著者藤原智美は、「最近メディアは美しいイメージで老人パワーを賛美しているが現実は違う。警察庁の報告（平成十八年）によると、この十年に六十代以上の暴力事件はなんと十二・五倍と極端に増加していることに特に注目すべきだ」と書いている。暴力事件にはならないが、地域の高齢者センターや病院、ボランティア団体などでみんなに迷惑をかけているセミ暴走老人がうようよしている。その特徴は、

① 長々と同じ話をしゃべり続け、人の話を聞かない
② 自説を曲げず他人を大声で罵《ののし》る
③ 自己中心的で自慢話ばかり
④ 感謝の言葉がまったくない
⑤ いつまでも名誉職である会長などの役職にしがみついて離さない
⑥ 笑顔や謙虚さが全然ない
⑦ 人が迷惑がっているのに気づかない

一般の人は困った人と思うが、あえて忠告しないで見て見ぬふりをする。「このような頑固老人は次第に友人がいなくなり、人生の最後は淋しい孤独地獄に陥り、死を望む人も出て

くる」とアンドレ・モロア（仏・哲学者）はその著書『年をとる技術』で記述している。

江戸の知恵で老害防止

江戸時代の日本人にも、高齢者に老いの自覚と警告を促した「耳袋——老いのいましめ」という随筆を書いた人がいる。その名は根岸鎮衛《ねぎしもりひろ》。貧しいながら立身し、その素晴らしい人柄で七十九歳まで佐渡奉行などを務めた人物である。その「耳袋——老いのいましめ」の一部を紹介してみよう。

①　又しても同じ噂に孫自慢、達者自慢に若きしゃれ言《ごと》——これ、片腹いたく聞きにくきものなり

②　聞きたがる、死にともながる、淋しがる、出しゃばりたがる、世話やきたがる——これ常に姿見として己が老いたるとかえり見、たしなめてようし

③　くどうなる、気難になる、愚痴たがる、思ひつくこと皆古うなる——これ人あざけるを知るべし

④　よだたらす、目しるはたらす、鼻たらす、とりはずしては小便をする――これ人のむさがる所と恥ずべし（「とりはずす」はオナラをすることである。人前でオナラをして平気でいる老人の羞恥心のなさは恥ずかしいことだと警告している。）

認知症専門医によれば、「前頭葉が萎縮すると、とにかく怒りっぽくなり、ありがとうという言葉がまったく出なくなるのが特徴である」とのことである。身体的衰退に伴う特有の変化と言えるが、それでも、世界一の長寿国の一員として常に人に迷惑をかけていないか、礼儀や謙虚さを忘れていないか、人に喜ばれる言動をする努力をしているか、感謝しているか、を自問する必要がある。それらを常に自問し、老いのいましめを守ることにプライドを持つ人こそ老いの品位のある人と言えるであろう。そういう老人が満ち満ちた日本になれば、貧しくても世界一楽しく暮らせる国になると思う。

これを書いていると、突然「あなたはそんなこと言える資格があるの」と妻の声が飛んできた。「私こそ猛反省する人間だから自戒として書いたんだ。人に説教する資格はありません」と言ったら、疑い深そうな目でにらまれた。

27——高齢者のころばぬ先の杖

高齢者はなぜだまされやすい?

私が現在理事をつとめている社会福祉法人「奉優会」は、二十五カ所の施設で六つの機能を果たしていた。それらは、特別養護老人ホーム、デイホーム、高齢者福祉センター、地域包括支援センター、居宅介護、訪問介護事業などで、すべて高齢者を守る仕事である。

ところが、この守る仕事が簡単ではない。

現在、日本では五人に一人、約二千五百万人が六十五歳以上で、そのうち約一千万人以上が一人住まいもしくは高齢者同士で住み、しかも総計一千四百兆円の貯金を持っている。そのため、高齢者を狙った悪徳業者が激増していて、われわれは油断ができない。また高齢者自身も、ボケていながら自分はボケていないと信じ込み、単独で契約などしてだまされるケースも多い。だまされるまでには至らなくても、高齢者が自分の携帯電話の番号を忘れたり、キャッシュカードの暗証番号を忘れて使うことができない状態に陥ることもよく起こる。読者も他人事ではなく「明日は我が身」と思って以下を読んでいただきたい。

だまされやすい高齢者にならないために

悪徳商人がだましやすい高齢者の特徴は、

① 昼間一人で自宅にいる人
② 人を信じやすく優しい言葉に弱い人
③ 強く勧められると断れない性格の人
④ 健康や家の耐久性などの不安につけこまれやすい人
⑤ 誰とも相談しない（契約を単独でする）人
⑥ 被害に気づいても他人に言わない人
⑦ 判断力が低下した人や認知症の人

などで、われわれがいくら注意していてもご本人および家族がしっかりと見守らなければ防衛ができず、大きな被害が発生する。

以下に、悪徳商法の例を挙げてみよう。

点検商法
誘い文句は、

「市役所の方から耐震診断に来ました」

「マンションの管理組合の方から配水管の点検に来ました」

などで、このような文句に簡単にだまされ法外な見積りの契約にサインして、後から大騒ぎになる。

以前八十歳代の高齢な姉妹が六千万円のリフォーム契約にサインした事件を思い出される方もいると思うが、点検商法は全国で発生している。

この対策としては、
① 事前に連絡のない業者は決して家に入れないこと、事前にあったとしてもよく身元を調べること。

② 点検やリフォームは信頼のある地元の業者に頼むこと。
③ 契約する前に見積りを取り、周りの人とよく相談してなるべく一人で契約しないようにすること。

振り込め詐欺
いわゆる〝オレオレ詐欺〟で、子どもや孫の声を使って現金を振り込ませる。最近は弁護士や警察官を名乗って、示談金名義で金を支払わせる手口も多い。
この対策としては、慌てないでいったん電話を切り、家族に相談すること。絶対に現金をすぐに振り込まないこと。

次々販売
最初は、「お話し相手になります」、「高齢者の方のみ無料招待します」、「この健康器具で長生きできます」などということばで引き込み、高齢者の淋しさにつけ込んで次々と商品を売りつける方法。

防御策としては、絶対一人で契約をしないように普段から注意をしておくほかない。最も重要なことは、「ボケ始めたら自分のお金をどのように守るか」である。

「ころばぬ先の杖」のその前に

人によっては四十歳、五十歳からボケ始めると言われるが、ある日突然キャッシュカードの暗証番号を忘れるときがくる。その日のためにどんな対策が考えられるか。ここでは二つの方法を紹介しよう。

一つは、判断能力は鈍ってきたが本人が契約ができる能力がある場合で、このときは地域福祉権利擁護事業を利用するとよい。これは自治体等が本人の日常生活（お金の管理を含め）を支援していくもので、地域の社会福祉協議会の専門員、もしくは支援員に相談することをお勧めしたい。この制度は今後高齢化がさらに進むにつれてきわめて重要なものになっていくと思う。

二つ目は、認知症等の症状が進み、自らでは判断能力が不充分の高齢者の財産を守る制度である。これは民法の「成年後見制度」というもので、家庭裁判所へ申し立て後見人を選任する「法定後見人制度」と、あらかじめ判断能力が衰えたときに備えて任意に後見人を決め公正証書による契約を行う任意後見制度がある。「成年後見制度」は地域の社会福祉協議会でも行っている。

これらについては、二〇〇六（平成十八）年四月から全国的にスタートした地域包括支援センターに相談していただきたい。

いずれにせよ、すべての人にいつの日か〝老いるショック〟がやってくる。その日のためにこの拙文が「ころばぬ先の杖の材料」になれば幸甚である。

28——ボケ予防に囲碁がいい

ボケの症状はさまざま

老人ホームで働いていると、認知症の話が出ない日がない。はじめにお断りしておくが、本書では認知症をあえてボケと書かせていただく。

例えば「この人は認知度が高い」「若いのにもう認知症にかかっているね」などの会話がみだれ飛ぶ。ケアマネージャーに認知度はどのような基準で決めていくのかと聞いたところ、長谷川式と称する認知度を五ランクに分類した表を見せてくれたが、自立度の一般論を示しているだけで、詳しく質問すると満足する答えが返ってこない。

それもそのはず、意外に専門家の間でも完全な定義というものは確立されていないと医師も認めている。世の中の通念としていわゆるボケは、「外見は元気そうだが人間としての理解力、判断力、自発性がなくなって、一人の人間として通用しなくなった状態」と定義されているようである。

この現象は高齢者だけでなく五十歳以下の若年層にも起こるようで、統計的には六十歳以下の認知症は一〇％以下と報告されている。どんなに長寿国日本と胸を張ってみても、ボケた状態で生きていては意味がない。なんとかボケの症状を起こすのを予防できないものか、というのが高齢者の最大の課題である。

こういう人がボケる

ボケの原因の九〇％以上が老化と脳を使わなかったことによる廃用性萎縮であるという。廃用性萎縮というのは、定期的にその部分をある期間使わないでいると起こる現象である。したがって、脳を使うには何をしたらよいかがここでの一番大切なポイントであるが、それを示す前に、ボケやすい人の特徴を挙げてみたい。これは脳神経外科医師の金子満氏が約二万人以上の痴呆症例を診てきたデータから見出しているものであるから、傾聴に値する。

男性については、①いつも理屈っぽくユーモアがない人、②笑顔が少なく、いつも怒ったような顔の人、③生活パターンが一定し、いつも同じ服、同じ時間に同じ道順を通っている人、④地位や名誉にひどく執着する人、⑤音楽や絵画に無関心な人、⑥家族の話題にのってこない人、⑦休みの日、外に出るのにも背広にネクタイを着用する人、⑧犬、猫、鳥、花に感動しない人、⑨外聞や面子を非常に気にする人。

会社の中では、①会社の同僚とあまりつき合わない、②上役に絶対服従、部下に居丈高な態度をとる、③計算が細かくケチである、④仕事一辺倒で趣味がない、⑤決められた仕事はきちんとするが、新しい職場の改革はうまくできない、⑥盆暮の付け届けにひどく熱心、⑦仲間の昇進に過敏に反応する、⑧職場のスポーツ大会などにはつきあわない。この中で半分以上当てはまる人は要注意である。

一方、女性でボケやすい人の特徴は、①融通がきかず決められたことだけを頑固に守ろうとする、②笑顔が少なくユーモアが言えない、③PTAやNPOの役職につくことをひどく名誉に思う傾向がある、④センスが悪くブランド品にすぐ飛びつく人、⑤人の噂や陰口を言うのが好き――この項目の過半数に合致する人は要注意である。そして男も女も、自分が認知症であることをまったく気付いていないことが一大特徴といえるであろう。

碁打ちにボケなし

さらに金子氏は、ボケ予防のために右脳を鍛えることを強く主張している。一流の大学は右脳が開発されていなくても入れるが、その人々の中で仕事以外に趣味のない人は淋しい晩年を送っていることが多く、定年後すべてに意欲を失い早々にボケてくる。その意欲は右脳と関係があり、生き甲斐を見出すのはすべて右脳であるという。そして右脳を刺激するのが囲碁であると学会でも発表されている。

金子氏の「碁打ちにボケなし」という結論は、十八年前から浜松市の老人会の痴呆健診においてテストを行ったところ、全員がボケとは無縁で軽度痴呆すら見つからなかったという事実から見出されたものである。確かに高齢者福祉センターなどで、碁はカラオケ、体操とともに人気はいつもベスト3に入っている。そして碁を打つ人はみんな生き生きしている。また、その人生も見事な方が多い。私に辛抱強く丁寧に囲碁を教えてくれている中学・高校同級生の黒川喜市君や日本福祉囲碁協会顧問の曲励起九段（八十八歳）に心から感謝し、人の生き方のモデルとして学ばせていただいている。

私も、日本福祉囲碁協会のボランティア棋士として、人に喜ばれつつ、自分自身のボケ防

98 歳の弟子、秋元婦み子さんと

止のためにも、各地の高齢者福祉センターで定期的にボランティアとして利用者の碁のお相手をしている。特に現在、練馬（きらら）での〝やさしい碁〟入門講座に九十七歳の秋元婦み子さんが毎月来てくださるのは嬉しい。

皆さんも碁を始めませんか。

29——アンドレ・モロアに学ぶ「年をとる技術」

他人から見れば立派な老人

人はいつから老人になるのであろうか。

老人クラブの入会資格は六十歳であり、六十歳は還暦ということで私もそのときには赤いシャツなどいただいたが、自分が老人の仲間に入ったとはどうしても思えなかった。

世田谷区には百三の高齢者クラブがある。二〇〇七（平成十九）年度からは団塊世代の約三万七千人が六十歳に達し定年退職する人が出てくるが、ほとんど高齢者クラブに入ってこない。「老人」という名がいやだから「高齢者クラブ」と名を変えてみても、六十歳の人は自分を老人とも高齢者とも思っていないからなおさらだ。他人から見ればもう立派な老人であっても、自分では寄る年波と自覚できないものだ。毎月世田谷区桜新町の高砂会（老人クラブ）でボランティア講演をしているが、集まってくる人はほとんど七十歳以上で皆元気に歌い、しゃべり踊っている。老人クラブの中でこんなに元気でまとまっているところは珍しい。

女性が「私のようなオバアチャンは」とか「私はもう年だから」と言ったときのあいづちには特に注意せよと教えてくれた人がいた。女の人は、自分は年のわりにはしっかりしているつもりだけど他人はどう思っているか不安なので、相手が「オバアチャンなんてとんでもない」と強く否定してくれるのを期待しているらしい。なのに、「人間誰でも年をとるので仕方ないですよ。お年のわりにはまあお元気じゃないですか」などとは間違っても言ってはいけないと。

年をとるということは…

これらの老人の心理について、フランス人哲学者のアンドレ・モロア（一八八五～一九六七）は『私の生活技術』という本の中の第五章「年をとる技術」という項目に詳しく書いているので、その一部を紹介してみよう。なにしろ人は初めて老人になるのだから、老人たる術を持った人はきわめて少ない。この際「年をとる技術」について読者の皆さんも一緒に考えてみませんか。

「十一月の朝になって疾風が巻き起こる。金色の木の葉が吹きちぎられた背後に冬の骸骨めいた木立が突如として姿を見せる。」

「壮年から老年時代にかけては移り変わりが緩慢なので本人は気がつかぬ。」

先般、私の「人生にこにこ講座」に参加してくれた中の一人が立ち上がって、「私は九十一歳だが知らぬ間にこの年になってしもうた」と発言した。参加者一同はその人を見つめながら、年をとるということはそういうものかと考えさせられた。

モロアによれば、「老人とは白髪とか顔のしわとかいうものより、もうなにもかも遅い、もう自分の時代ではないと思う心のしわが老年特有の感情である。老人の真の不幸は肉体の衰えではなく心が何も動かないことである」と。

頑固な老人が陥る孤独感

「老人は人の話を聞かず自分の話ばかり。自慢と昔話の繰り返しが多い。そして新しい技術や音楽や若い人の話し方に文句をつけたくなる。」

わが身を振り返り、まことに耳が痛い。あるとき、わが老人ホーム利用者の家族が来て「ここの職員の言葉づかいが悪い。チョーサムイとかチョーオモシロイなどという言葉を使わないように施設長はしっかり教育すべきだ」と叱られた。「どうもすみません。注意します。美しい日本語は残したいですね」と言ったものの、心の奥底では、時代が変わったことに気づいてもらいたいなあ、モロアのいう老人はこういう人なのだ、とも思った。

モロアはさらに、「そういう頑固な老人の身辺には一人一人友人がいなくなって砂漠の中に一人という孤独感におそわれる。そして死を望む人も出てくる」と説く。高齢者の自殺者が九年連続三万人以上という悲しい記録は長寿国日本に何かが問われているのではないかと思われる。

オヤジからジジイに脱皮をはかる

モロアの言う「年をとる技術」とは、不幸と闘う技術であり一生の終わりを楽しくする技術である。そのために老人のとるべき道は二つあるとモロアは示唆している。

その一つは「決して意気阻喪しないこと」。意気阻喪の原因である孤独から逃れるには、利己的で頭が高い自分を抑え、鷹揚で謙遜し情愛深くうるさくない老人になるように努力すること。

もう一つは「老人であることを受け入れること」。老年は凪ぎ渡った年、あきらめの年、幸福の年、で老人は老人らしく振る舞うべきだという。

子供から少年、少年から青年、青年からオヤジと登っていくが、オヤジからジジイに脱皮するのが難しい。初めて下り坂になるからだ。そこを思い切って脱皮して、老人らしい好奇心を無垢のまま持ちつづけ、人々に感謝しつつ一日一日を丁寧に生きている人はすばらしいと、アンドレ・モロアは私たちに語りかけている。

30——人も社会もイライラ

ビートたけしに激怒する老人

都内の高齢者福祉センターで講演した直後、大声で怒鳴られた。原因はビートたけしの「友達」という詩であった。この詩を講演の最後に読みあげた。

友　達

ビートたけし

困ったとき、助けてくれたり
自分のことのように心配して
相談に乗ってくれる

そんな友人が欲しい
馬鹿野郎、
友達が欲しかったら
困ったときに助けてやり
相談に乗り
心配してやることだ
そして相手に何も期待しないこと
それが友人を作る秘訣だ。

私の好きなすばらしい詩である。ところが読み終わった途端、一人の高齢者が「反対」と言って立ち上がり、「〝人生にこにこ講座〟の講師ともあろう者がビートたけしが不良で無法者であることを知らないのか。俺は大嫌いだ。この話は取り消せ」と大声で叫んで部屋から出ていった。私も他の聴衆もあっけにとられ、実に不愉快な雰囲気に包まれた。

老人は鬱屈している？

またあるとき、高齢者福祉ふれあいセンターの駐車場に「駐車させよ」と突然飛び込んできた男性の区議会議員がいた。センター長（女性）が「そこは障害者のための駐車場ですのでご遠慮ください」と言ったところ烈火のごとく怒りだし、常務理事の私も責任者として出てこいと呼び出され、その区の部長の前で「俺を誰だと思ってるんだ」と約二時間ほどもまくしたてた。あとで区役所の部長から、「あの人はどこでもあのように爆発するので我慢してください」と言われたが、今でもそのことを思い出すと不愉快な気分になる。

以前テレビでこんなニュースを報道していた。六十歳の男がタバコを自動販売機から買おうとしていた。動作がゆっくりしていたので後ろで待っていた七十歳の男が「早くしろ」と文句を言い、殴り合いになって七十歳の男が翌朝死亡したという。なぜこれくらいのことで殺人事件になるのか。多くの人は大人気ないと思うだろうが、現実に起こったことなのだ。

そのほか、レストランでは「なぜこんなに待たせるんだ」と怒鳴り、皿を投げつける人。スーパーでは「応対が悪い」と怒り、店の責任者を呼びつけ店員を並ばせて延々と叱りつける人。病院の受付や市役所市民課の前で怒鳴っている人。このような光景を近頃よく見かける。都心部の駅でも乗客の暴力行為が頻発しているという。

駅員のほうでも身を守るために「お客様対応ハンドブック」をつくり、危険防止策を用意している。そこでは対応法として、〈複数人で対応すること〉〈客の手、足の動きに注意する〉〈酩酊者には背中を見せない〉などと記述されている（日本民営鉄道協会作成）。

男の六十は危険な年齢《とし》

このようにキレル大人に共通していることは、六十歳以上の男性だということである。孔子は「六十にして耳従う（何をきいても素直に耳に入るようになる）」、「七十にして心の欲する所に従って矩《のり》をこえず（心おもむくままに行動しても道理を外れることがなくなる）」と「論語」に書いているが、それは理想的な人間の姿を示しているのだろうか。

また原因の八〇％は〝憤怒〟である。若者だけがキレルと思っていたらとんでもない、分別を備えているとされる大人たちが怒りを抑えられず暴走するケースが増えているのだ。

なぜ新老人群（六十〜七十歳）が暴走するのか、私なりにその原因を考えてみた。

一つは〝淋しさ〟〝居場所のなさ〟である。「リタイアして家庭にも社会にも居場所がなく、仕事一本で生きてきたプライドはあるが地域社会にそのまま受け入れてもらえぬイライラ」「人にかまってもらえぬ孤独感」「この社会の中で埋もれていく自分をもう一度社会に露呈させたいという欲望（自己顕示欲）が満たされぬイライラ」であり、そのプライドを傷つけられると突発的な怒りが爆発する。

もう一つは「社会の情報化にスムーズに適応できぬイライラ」である。過去の経験則そのままでは社会適応への妨げとなっていることに気づいていない。「自分だけのサービスを要求する消費者の過剰権利意識の高まり」「身体的苦痛のイライラ」もキレる大きな要因となっていると思う。

そして社会全般を見ると、そのような勝手な行動を抑止してきた地域コミュニティも崩壊し、地域のご意見番も姿を消している。暴走老人の歯止めがきかない時代に突入してきたように思えてならない。

暴走老人たちも実は淋しくてたまらないのだ。自分で自分をコントロールできなくなっている時代の産物なのだ。

この人々を見て見ぬふりをせず、何か手を差し延べる方法はないものだろうか。

31
――二十歳の君に伝えたい言葉

四百万人のニートを生みだす社会

何となく、
今年はよい事あるごとし。
元日の朝、晴れて風無し。　啄木

毎年一月一日は勤めていた老人保健施設に出勤し、入所者を励まし、その笑顔に包まれて箏曲《そうきょく》「春の海」を聞きつつ正月のお節料理の検食をする。そして玄関に立つ布袋《ほてい》様に柏手をして今年の無事を祈るのが、施設長の初仕事であった。

今回は、正月元日に思ったこととして、「息子に伝えたい言葉」について述べてみたい。

以前、「孫に伝えることば」というテーマで「にこにこ福祉講座」の案内をしたところ、「孫」という言葉には高齢者の関心が高いらしく、参加の申込みが殺到したのには驚かされた。

参加者の平均年齢が七十五歳なので、孫といっても二十歳前後の、これから世に出ていこうとする若者が大部分になる。こういったテーマを設定したのは、最近の日本における若者のいじめ、自殺、殺人をはじめとする無軌道さの責任をみなが先生や教育委員会に転嫁しているが、一体親は何をしているのかという疑問から出てきたものである。両親やジジババは家庭教育にどれほど力を割いているのだろうか。

「人生を楽しく生きるにはどうしたらよいのか」という親の人間知を孫や子息のために残していくのも、親、ジジババの義務的役割ではないだろうか。このような人生の知恵を若者に伝授する人がなかなかいない。戦後は特にいなくなった。学校でも教えないし、教えられない。親も忙しさにかまけ、子どもの自由に任せ、個性を伸ばすという美名のもとに放任主義をとり、結果は四百万人のニートが生み出されるというみじめな日本の現状を生んでいる。

伝えるのは父親の義務であり特権

たまたまこのテーマにぴったりの本がイギリスで三百年前に出版され、驚くべきことに内容も現代に十分通用するものであるので、ご参考までに紹介してみたい。

本のタイトルは"Letter to His Son"（『わが息子よ、君はどう生きるか』）というもので、作者は一七七四年にイギリスの教養人で大臣でもあったフィリップ・チェスターフィールド氏。人生論の教科書として、全世界一千万人に読み継がれた名著である。

中身は、彼がオランダ大使でハーグにいたときに生まれた息子が二十歳になった頃に書いた手紙である。息子はパリに留学していて、多忙な父親は何もしてやれない、せめて手紙でもと思い立って、こつこつと人生全般について書いている。

その手紙のところどころに、「こんなことは話したくないが、君の参考になるかもしれないので恥をしのんで私の体験を書く」と述べ、若者が陥りやすい遊びの「落とし穴」などについても書いている。また、「こんなことを世間の人が読むと、もっとましな進言をすべきだと多分軽蔑しきって批評する人がいるかもしれない」とか、「息子の君も、そんな小さなことは馬鹿馬鹿しいと思うかもしれない」というような、照れくさがっている記述がしばしば出てくる。日本人の父親も、もし「伝える言葉」を書くとしたら、まったく同じ心境になると思う。しかし彼は勇気を出して、次のように語りかけている。

「君に言っておきたいことがある。私の愛情は君も知ってのとおり、やわな母親の愛情とは違う。欠点をしっかり見つける。それが父親の義務であり特権である。一方その指摘された点を改めようと努めるのが息子としての君の義務であり権利であると思うのだが、どうだろう」と。そして、「私の人生の経験から選りに選んで愛情をもって我が息子に与える言葉は、絶対他人にはできないものだ。さらに私が二十歳から人生をやり直せといわれたら、私は絶対次に述べる方法をとりたいと思う」などと心をこめて記している。

この本を再三通読した私自身が、もっともだと思い、読者にとっても素晴らしい忠告だと考えられるものを選び出して紹介していきたい。

大人にも聞かせたい言葉

記述はまず彼が、二十歳（彼の息子の年代）に戻れたらどうするかというところから始まっていく。

ニューヨークにて家族が集う（1985年）

1　「愛される努力」を怠っていないか

「私が二十歳から人生をやり直せといわれたら、人生の大部分を、できる限り多くの人々に愛される努力をしたいと思う。かつて自分に顔を向けてほしい男性や女性の心をつかむことのみ専心してほかの人はどうでもよいという態度をとってきたが、それを是非やめにしたい。私がこれまでに会った人々のなかには見かけは美しいが少しも私の心をとらえない女性、どうしても好きになれない人物がたくさんいた。どうしてか君にわかるかい。そう、その人たちは自分の美しさや能力に自信があったために人の心をつかむ術を身につけることを怠ってしまったのだ。私はあまり美しいとは言えぬ女性と恋をしたことがある。しかし、その女性は気品にあふれ、人を喜ばせ、謙虚で人の心をつかむ術をよく心得ていた。

私は自分の生涯でこの女性と恋をしたことを誇りに思っている」。

2　人づき合いの原点――気配りの大切さ

「友人ができても相手を喜ばそうという気持ちがなければ長続きしない。人づき合いの原点はいつも感謝し、気遣い、思いやる気持をもつこと。ちょっとした気配り、相手が褒めてもらいたいところを観察して褒める。一定範囲内でお世辞が言えるのも立派な能力。自分がしてもらって嬉しいことを人にしなさい」「礼状は必ず出すこと」「服装はいつも清潔に」「笑顔が大切」。

3　自慢話で評価される人間はいない

「会話を独占し、しゃべりつづける。まっさきに自分の話をすること。自慢話（自分の親戚に有名人がいるとか）。すべて愚かな行為で絶対してはいけない。会話は人間関係をスムーズにする一番大事な接点なので、特に気配りして会話すべきである」。

以上、チェスターフィールド氏の息子へ伝える言葉は一つ一つ胸に突き刺さる。二十歳でこの貴重な言葉を聞いて実行していたら、私の人生はもっともっと人に喜ばれる人生になっていただろうと思う。人間関係がうまくいっている人は、黙っていても人間の本性を見抜いて、人間関係でしてはならないこと、すべきことをしっかり守っていることに、この年齢（七十歳）で気づかされた。これは孫や息子だけでなく、大人にも聞かせたい言葉だと思うが、いかがであろうか。

32——人生を食い逃げしないで

今、若者のために

二〇〇七（平成十九）年二月、団塊世代をはじめとする高齢者を対象として世田谷区生涯現役フェア（いわゆる達人式）が開催された。その日は朝から冷たい雨が降っていたのと、三万人が参加する東京マラソンとぶつかってしまったということがあり、期待する参加者があるか心配されたが、蓋を開けてみると、世田谷区民会館が満員になるほどの人がつめかけ、驚かされた。

当日は、世田谷区在住で六十歳（当時）の藤岡弘氏（俳優）が講演した。彼は仮面ライダーで有名になった人だが、一方で武道家であり、ボランティア活動も国際的に長く続けている。彼のスピーチで印象に残ったのは、「今の日本人の高齢者は子供のとき戦争にあったものの、半世紀以上平和の中で経済成長とともに実に幸せな人生を送ってきた。だからこそそのお返しに、エゴ中心の生き方を捨て、若者のために何か言葉でもよいから残しておくべきだ。それができない人は、人生の食い逃げである」と語ったことであった。

こんな言葉を若者に伝えたい

読者の皆さまはどんな「伝える言葉」を持っておられるだろうか。他人の言葉でもよい、自分の可愛い子供、孫、そして広く世界の若者に、人生を楽しく生きる珠玉のような言葉を伝えていきたいものだ。そこでここでは、イギリス紳士のシンボルといわれ、ダンディズムの象徴とされているフィリップ・チェスターフィールド伯爵（一六九四〜一七七三）の名著、『わが息子よ、君はどう生きるか』（邦訳三笠書房刊）から、「最高の人生を送る日々の心掛けについて」のなかで私も共感したものをもう一度紹介しよう。

一、礼儀正しい人であると言われたい

「かねがね思っているのだが、世の若者にこれほど無作法で見苦しい人間が多いのは、その親たちが礼儀作法を軽く見ているか、そんなことにまるっきり関心がないか、そのどちらかだ。基礎教育、大学と一通りの教育の施しはする。ところが子供のことに無頓着で、『うちの子供は大丈夫だ。うまくやっている』と思っているが、実はまったく礼儀は身につけていない。学問ではできない教育は、親以外にできる人は誰もいない。」

この項を読むと、三百年前のイギリスと現在の日本が酷似しているのに驚かされる。だからこそ、日本人の親は今こそ勇気を出して子供と対峙し、礼儀の再チェックをしなければならない。さらに彼は次のようにも言っている。「礼儀は道徳や法律にも似ていて、文明社会に生きる人間にとって一種の暗黙の協定みたいなものだ」と。

礼儀とは、「お互いに自分を少し抑えて相手に合わせようとする分別と良識ある行為」であり、「自分の子供や妻に対しても厳然と存在する」とされている。より具体的には、話を一人占めしたり、自慢話を続けるのは不作法である。手紙の字、便箋の折り方、挨拶の仕方、感謝の表し方について、丁寧に配慮していくのも礼儀である、と言っている。彼は、「人に『あの人は礼儀正しい人だった』と評価されたい」とまで述べている。

二、人生最大の教訓――物腰は柔らかく、意志は強固に

チェスターフィールドは人生最大の教訓として、「『物腰は柔らかく、意志は強固に』という言葉は、人生のあらゆる場面で活用できる極めて重要な言葉である」と断言している。

物腰は柔らかいが意志が弱い人は、卑屈な弱い人間になり下がる。意志は強いが物腰の粗い人は、猛々しい猪突猛進の人間になる。両方を兼ね備える人が、人生の勝者になる。命令を下す場合でも、それを優しさでくるんで余計な劣等感を抱かせないよう配慮すべきだ。とくに身分や地位の低い人に対しては、その気遣いが大切だ。

正しいことを言うときには、できるだけ控え目にすること。確信のある事柄についても、あまり確信のないふうに装う。意見を言うときも、言い切ってしまわない。相手の意見にじっくり耳を傾ける。その謙虚さが人間関係をスムーズにしていく。学識豊かな人ほど他人の意見に耳を貸さないことが多い。知識は懐中時計のように、そっとポケットにしまい込んでおけばいい。「学識豊か」で「世間知らず」ほど、始末の悪いものはない。知識は実生活で生かして初めて知恵になる。

物腰を柔らかく、しかも自分の意見ははっきり言うべきだ。他人の意見で間違っていると思うときは、はっきり言うべきだ。問題は、その「言い方」なのだ。発言するときの態度。

言葉の選び方。声。すべて柔らかく優しくせよと言いたい。例えば「はっきりとはわかりませんが、たぶんこういうことではないでしょうか」という言い方である。軟弱なようだが、北風と太陽よろしく相手の心をつかむことができる。

たかが態度というかもしれないが、態度だって中身と同じくらい大切なのだ。表情、話し方、言葉の選び方、発声、が柔らかければ「物腰は柔らかく」なり、そこに「意志の強さ」が一本通れば、威厳も加わり、人々の心をひきつけることは間違いない。

世の中には、多少戦略的かもしれないが罪のない「生きる知恵」のようなものがあり、それを知って実践したものが、人生を一番エンジョイする。

——このように明言するチェスターフィールドの言葉を、そのままわが息子、のみならず、すべての若者に「本当にその通りだよ。私が二十歳のときこれを聞いて実行していたら、もっと素敵な人生を送っていたと思う。今からでも実行したい」と、心を込めて話していきたい。

33 ──アニキが団塊の世代に手ほどき

団塊世代の動向が鍵

二〇〇〇年問題も落ち着いてからしばらくして、「二〇〇七年問題」が騒がれたことがあった。二〇〇七（平成十九）年は、一九四七（昭和二十二）年からの三年間に戦後のベビーブーマーとして生まれた約七百五十万の人々が六十歳（還暦）に達しはじめる年であること、すなわちその人たちの定年退職が始まる年であることから、その一斉退職のもたらす影響の大きさに着目してそういわれたのである。この世代は他の世代に比べて特別に人口の多い塊であることから、評論家の堺屋太一氏が「団塊の世代」と名づけたとされている。

この世代の特徴は、その大量さゆえに常に大量消費社会の担い手であり、人生の各段階で戦後の復興、受験戦争、あさま山荘事件、オイルショック、バブル崩壊、不況、リストラ、ＩＴ革命などの嵐を乗り越えてきたことである。この世代の六十年を振り返ることは、いわば日本の戦後を語ることにほかならないし、さらにこれからの日本を考えるうえでも大きな意味を持つと思われる。

これからの日本がどうなるかについては、団塊の世代の動きに注目する必要がある。この世代は比較的均質な集団であるが故に、同じ頃に結婚し、同じ頃に子供をもうけ、同じような物を食べ、同じ頃家を建て、旅行もする。それが大量であるから、日本の社会に大きな流れをつくってきたのである。

ただ、この世代は定年になる前にリストラされた人、残った人に二極分化し、退職金も含め経済的格差が出てきているが、まだ若々しく働きつづけたいという意欲を持っている。しかし、彼らが期待している仕事はなかなか見つからず、定年直後は皆一様に虚無的な感覚におそわれる。

アニキの「地域デビュー入門講座」

三浦展氏（カルチャースタディズ研究所）の調査によれば、この世代の九％が「没頭できる趣味がない」、一一％が「自分の生き甲斐を見つけていない」、そしてなんと「自分が何をやりたいか、何が好きなのかわからない」という人が七％もいる。一方、正義感の強い傾向もあり、社会のために何か貢献したいというグループも二三％いる。

しかし地域で何か生き甲斐のあることをしたいと思っても、地域デビューする仕方が分からないという人も多い。そこで行政サイドも、この大きな力を地域で活用しない手はない、活用することにより町が住みやすいところになり、活動する本人も健康でいきいきと老後が迎えられると考えだした。

東京都世田谷区は区長の肝煎《きもい》りの下、介護予防担当部に生涯現役課を設け、二〇〇七年から の三年間に六十歳になる約三万七千人の人々を成人ならぬ達人（仮称）と名づけ、団塊世代が気軽にはつらつと地域で活動できるための仕組みづくりを始めた。まず、六十歳になる人への呼びかけである。そして「地域デビュー入門講座」と具体的な活動場所の紹介、および本人が気に入ったところでの実践。さらに、実践した場合のポイント制（ボランティア対価）も検討されている。

筆者がたまたま世田谷区生涯現役推進相談研究委員会の委員であり、かつて企業に四十年も勤め、東大附属病院ににこにこボランティアを創設し、当時七十歳であったことから、団塊世代のアニキ分として「地域デビュー入門講座」をしてほしいとの依頼が、世田谷区からきた。私は企業人社会から卒業し、地域にボランティアとして参入したときのいろいろな喜びや失敗の経験をもとに、地域活動に参加するための心構えについて、シニアからのアドバイスとして話を組み立ててみた。

あとは実践あるのみ

タイトルは、「団塊世代――定年後地域デビューして老後を楽しく生きるための十の定石」。講演後、約二百人の団塊世代から思いの外の大きな反響があったので、要点のみここに記しておきたい。

①　自分探しをしておこう。

定年前に手応えのある生き方を探しておくこと。自分を振り返る内省が大切。

②　個人力をつけ、資格をとろう。
個人力とは企業時代の役職ではなく、経験・技能・趣味・資格・まちづくりから人の役に立つ能力を持つこと。とくに、何でも資格を持っていれば人に役立つ可能性が高い。
③　新しいネットワークをつくろう。
同窓会、会社の友人以外の人々を開拓する。ボランティアセンター、町内会、市民大学、NPOなどへ気楽に入っていくこと。
④　女性をたてる。
地域のグループには圧倒的に女性が多い。男性は特に意識して女性の話を聞き、身なりを清潔にし、何でも自分でやる姿勢が大切。
⑤　肩書を捨て、自慢話を控える。
これは特に重要。地域社会に入る要諦。
⑥　効率より納得（命令よりお願い）。
ゆっくりと人の話を聞く。会話の基本を学べ。スムーズな人間関係はことば遣いから。
⑦　楽天的思考。
常に前向きの精神を持つ。

⑧　人間的魅力は「顔施」と「寛恕」。
顔施とは笑顔、プロの笑顔。ちょっとした間違いは心広く許すこと（寛恕）。違いを認めるバランス感覚が特に大切。会社時代、厳しかった人は地域に入っても人に厳しく嫌われる。

⑨　教えるより「導く」。
若者にしたわれるリード手法を考える。

⑩　為己為人（ワイケイワイヤン）。
人のためにすることは、究極的には自分の人生を輝かせるものになるという確信を持つこと。

34
林住期をどう生きるか

人生のクライマックスに戸惑う

大抵の老人ホームでは、毎年敬老の日には長寿祝賀会を催し、最高齢の人（百歳超）を筆頭に、白寿（九十九歳）、卒寿（九十歳）、米寿（八十八歳）、傘寿（八十歳）の長寿者を表彰させていただく。

あるとき見た新聞には、ただ長生きしているだけでなくバリバリと活躍している有名人として、日野原重明、草笛光子、黒柳徹子、加山雄三などが挙げられていた（グリーンフォレスト調べ）。厚生労働省の統計によると、六十五歳以上の高齢者は二〇〇七（平成十九）年で二千七百四十万人（二一・五％）で、この中でも特に「林住期《りんじゅうき》」といわれる七十五歳までの日本人のこの世代は、元気一杯遊びまくっているといっても過言ではない。

「林住期」ということばは、古代インドの「四住期」という考え方に由来する。そこでは人生を四分割し、二十五歳までを学生期《がくしょう》（青春時代）、二十五歳から五十歳までを家住期《かじゅう》（働き貯える社会人時代）、そして人生の黄金期といわれる林住期（五十～七十五歳）、遊行期《ゆうぎょうき》（七十五歳以上）に分類している。現代では老人ホームに入る頃からを遊行期といってもいいが、七十五歳以上でも元気な方は林住期にいるのである。

『林住期』という本を書いた五木寛之は、この林住期こそ人生のクライマックスであり、林住期をむなしく終えた人にはむなしい死が待っていて、この時期に心ゆくまで生き甲斐を究めた人は死を穏やかに受け入れられると述べている。

世の中では家住期までが人生の華で、五十歳以降は人生のオマケ、下り坂、悲しい人生の秋という見方がある。その原因として、高齢者には「四つの喪失」があるからだと学問的にもいわれている。すなわち、①心身の健康、②経済の基盤、③社会的つながり、④生きる目的といった四つの喪失がそれである。

確かに長いスパンで見ればその通りであるが、平均寿命が世界のトップクラスになった日本人には事情が少し違う気がする。①健康の喪失どころか林住期にいる日本人は、ゴルフ、ダンス、登山、水泳、ジョギング、介護予防の体操などに元気一杯挑戦している。②経済的基盤も、高齢者貯蓄率世界ナンバーワン、一千四百兆円も貯めている日本人は外国人から見れば、「何が経済的基盤の喪失か」といわれかねない。④生きる目的（生き甲斐）の喪失については、うつ病になる人も出てくるが、一般には趣味などに生き甲斐を見つけ喪失の苦しみを免れている。しかしこれは高齢者独特の問題で、ひとたび趣味や新しい仕事に生き甲斐を見つけても、それが病気や事故でできなくなるとまたこの生き甲斐の問題に戻ってくる。

林住期、生き方に四つのレベル

高齢者福祉センターに来る人々は大体林住期世代の人であるが、詳細に観察していると、生き方に四つのレベルがあることが分かってきた。

第一レベルは、林住期に入り定年になると今まで我慢してきた個人の道楽に突っ走ったり、好きでやってきた仕事をさらに続ける人もいて、心ゆくまで生きようとするレベル。先に「遊びまくっている」と書いたが批判ではなく、家住期までにはできなかった夢に対し自分のできる範囲で思いっきり活動する、生きていると感ずる人生のクライマックスのレベルである。

ところがいずれ、第一レベルの生き甲斐が喪失するときに遭遇する。あるとき、私の親しい友人から「渡邊、俺は突然膝の病気が出て歩けなくなった。唯一の趣味のゴルフができなくなった。もう死にたいよ」という電話がかかってきた。笑ってはいたが、深刻な雰囲気が伝わってきた。ハンディ5で事業も成功した彼にとって、今こそ真剣に人生の本来の生き方、あり方を考え、苦しむときがきたのだ。これが第二レベルである。

そして第三レベルになると、生かされている不思議さに気づき感謝の気持ちから祖先を崇拝し、支えてくれた友人たちに心から礼を言い、宗教に入っていく人も出てくる。個人の趣味や夫や妻、孫、スター、友人、動物などに生き甲斐を持つことは自由だが、趣味もできなくなったり妻や夫と別れるときがいずれくる。孫も成長して離れていく。有限なものへの生き甲斐はもろいものだと気がついてくる。

第四のレベルに入ると、「義理」や「あふれ返るモノ」を捨てはじめ、人間関係を簡素化し孤独に耐える努力をするようになる。新しい人間関係ができても淡々とつきあっていく。そしてすべての行動の基準は人に喜ばれるかどうかということになり、人が喜ぶことを自分のできる範囲でしつづける。人の喜んだ姿を見て自分の心が満たされるという「心の中の生き甲斐」を見つける。これは、「よき思い出」とともに人を裏切ることはない。有限ではないからだ。

“Stop and Smell the Roses（止まってバラの香りを嗅いでごらん）”というアメリカの民謡があるが、読者の皆さんもこの辺で立ち止まって、「林住期のあり方と真の生き甲斐は何か」など、ゆっくりと自分に問う時間を持ってみませんか。

35

百二十五歳まで人は生きられる

六十歳から始めた長寿法

私の誇りにしている知人に渡辺弥栄司《やえじ》氏（元通産省局長。現ＴＯＥＩＣ会長、ビューティフルエイジング協会会長）がいる。現在九十歳でいまなおかくしゃくと活躍し、『１２５歳まで、私は生きる！』（ソニー・マガジンズ）という本を上梓した。その中で皆さまに参考になると思われる項目を選びご紹介してみたい。早稲田大学創設者の大隈重信総長も百二十五歳まで生きようと努力していたことが知られている。

二十年ほど前、故北岡靖男氏の主催するＴＯＥＩＣ（英語教育）と企業の社会貢献委員会に招かれたとき、初めて渡辺さんにお目にかかった。初対面のとき、突然私の目の前で前屈し手を床につけ、床にすわって足を百八十度に開き、足を肩まであげる姿を見せ、そして笑いながら握手を求められたのを昨日のことのように思い出す。風貌や背丈は歌手の藤山一郎に似ていて、とにかくお茶目な元気男という印象であった。

彼は通産省を退職してからも日中国交正常化と日中経済交流促進のために大活躍した人だが、いまはビューティフル・エイジング協会会長として、人生を美しく生きていくためにはどうしたらよいかと日々追求している。

彼が六十歳のとき、知人の中国人から「百二十五歳まで生きると自分で決めなさい」と何度も説得され、ついに根負けして「百二十五歳まで生きましょう」と宣言してしまったという。その後湯浅明博士（東大教授）の哺乳動物の寿命は成長期の五倍、人間は身体的成長期は二十五歳までだから百二十五歳は可能であるという説と、川島隆太博士（東北大教授）の脳に刺激を与えれば神経線維が増え太くなり若々しくしなやかな脳が保てるという説とを知って、百二十五歳という目標に真面目に取り組むことを決心したと記述している。

さらに、彼が日中国交正常化のために努力しているとき、当時の周恩来中国国務院総理に会う機会があった。そのとき周総理が、「人間のやることとの中で一つのビジョンを持ち、それにまっしぐらに進んでいくことはまことに楽しい」といった言葉に身体中に電流が走ったように感動した。その言葉を胸に秘めて、一生社会に役立つことをしよう。その実現のために百二十五歳まで生きよう。そのためにこころとからだをしっかりと点検すると決心した。一番大切なことは、こころとからだがいつも柔軟であること、からだが柔らかくなれば心も柔軟になる。柔軟な人は実に魅力的な人間になると明言している。

九十歳にして道半ば…

彼のこころとからだの点検の中で、参考になると思われるものを箇条書きにしてみよう。

1　こころの点検

①生かされているという感謝の念を持つ、②愚痴を言わない、③なんとかなると前向きの姿勢、④優しく明るく親切に、⑤人の話を聞く謙虚さ（姿勢の低さ）、⑥ちょっとした冒険心、面白がる気持ち、⑦身の丈より少し上の目標を具体的に持つ、⑧威張らない、⑨魅力的人間になるには何か夢を持つこと、⑩自分が強く思えば人生は拓けていくという信念と努力。

周りを見渡すと、長寿で魅力的な人は共通して右のような信条を実行しているようだ。幸せになる基本条件と思って差し支えない。

2　からだの点検

①　まず歩く――朝の十分、健康の絶対条件

②　声を出す――声を出して歌う。新聞を朗読十分

③　正しい呼吸法――正心調息法の実行

　塩谷信男医学博士（百歳）の勧める呼吸法である。まず思いきって息を吸い込む（吸息）、丹田に息をちょっと止める（充息）、そしてゆっくりと長く吐く（吐息）、その後浅い呼吸（小息）をして、このサイクルを二十五回繰り返す。脳へ充分な酸素を送ることが健康改善のポイントである。

④　ダイエットと食生活改善

　腹八分は六十歳まで、七十代は七分目、八十代は六分目で十分。玄米、有色野菜中心で三食きちんととる。酒、たばこはやめる。

以上が渡辺弥栄司氏が実行しているこころとからだの点検の概要である。

彼は真向法を実行し、八十五歳で十段に昇段した。とにかく身体を柔らかくすれば、それだけで素晴らしい人生が送れると再三主張している。

私はたばこはやめたが酒はやめられない。ダイエットは、朝食は人参ジュース一杯を続けて六キログラム減量した。朝十分のウォーキングは実行してカラオケで蛮声を張り上げている。正心調息法もやり始めた。これで美しい老後の人生が出来上がるか楽しみである。皆さまも何か始めてみませんか。

金かけて太り　金かけてやせる　馬の秋　　よみ人しらず

＊渡辺弥栄司氏は二〇一一年逝去された。享年九十四歳であった。

今は我慢でいつか笑う

36

——ダイエットを決意する

義務としての検食

老人ホームの施設長の仕事の一つに、検食というのがある。検食とは、表現は悪いが一種の毒味で、施設の利用者が食べる前に責任者が食してチェックすることである。これは病院、学校など大量調理施設に対して保健所から義務づけられたもので、夏場はサルモネラ菌や腸炎ビブリオ、O－157などが原因となって食中毒も発生しやすく、検食にはとくに慎重にならざるを得ない。

昼食は十一時十五分、夕食は十七時十五分に管理栄養士がチェック表と一緒にうやうやしく運んでくる。チェック表には、固いか柔らかいか、味が濃いか薄いか、量は多いか、見た目はきれいか、うまいかまずいか、など十数項目のリストがあるが、八十九歳の利用者とは感覚が違うのにもかかわらず、私の主観でまずいとか柔らかすぎるなどと評価していることについては忸怩たる思いがある。

人間の評価など最後はフィーリングだということを面接試験や人事評価や助成金の配分委員を担当したときに感じ、そしていつもこんな評価をして申し訳ないという気持ちになる。そんな評価だが、幸い優秀な栄養士のお陰で厳しい食費の範囲で味もよく、第三者評価委員会の査定も好評で一息ついている。

一日五食で太った!!

ただ、困ったことが一つある。検食がはんぱな時間であり千四百キロカロリーの老人食なので、私には量もはんぱなのである。そこで私は、検食のあとあんぱんを食べ、時にはラーメンを食べに出る。夜は検食のあと自宅で本食をするという具合で一日五食を続けていたら、一カ月であっという間に十キログラム以上太ってしまった。

超肥満になると今までの服は着られず、なんと足まで太って靴もはけなくなり、歩くのがつらく、わずかな距離もタクシー。そのうえ、目まいもするようになった。体形は施設の玄関に立つ布袋のようだと職員たちにからかわれた。めったに行かぬ病院で目つきの悪い太った医師に見てもらったら、「このままいくと必ず脳梗塞になる」とのたもうた。今では感謝しているこの言葉が、そのときはグサリと胸をつき、怠け者もダイエットを始めることにした。

リバウンドしないダイエット法

実を言うと、それまで二度ほど、人参ジュースダイエットに挑戦し失敗した経験がある。大学の先輩にあたる石原慎太郎都知事（当時：一九九九～二〇一二年）もこのダイエットに挑戦し成功したと週刊誌に書いておられたが、最近、同窓会でお目にかかったらまた少し太り気味であった。原因はリバウンド（反転）である。

人参ジュースダイエットは石原結實医師が開発したすばらしい減量方法で、誰でも苦しまずに一週間で六～七キログラムやせるが、ちょっと油断すると反動で断食前以上に食べ出してしまう。そして、みにくく太るのだ。石原医師はイスラム教のラマダン（断食）の習慣を示し断食は健康に良いことを説いて、人参ジュースを飲むことによって空腹感は乗り越えられると主張する。事実その通りになるのであるが、「リバウンド対策」に言及していない。

そこで一大決心をして、簡単で食べながら苦しまずにやせて「リバウンド」しない私の独自の方式を案出してみた。そしてなんと三カ月後十キログラムの減量が実現し、その体重を維持している。読者のなかで肥満に悩む方にこっそりお教えしてみたい。対策は四カ条である。

一、一日千六百キロカロリーとし（標準は男性二千百キロカロリー、女性千八百キロカロリー）、そのために人参ジュースを飲むこと（私は朝人参ジュース一杯、みそ汁一杯、サラダ二百キロカロリー、昼検食四百キロカロリー、夜検食八百キロカロリープラスアルコール二百キロカロリー、合計千六百キロカロリー）。

二、とくに夜のカロリー計算をしっかりすること。例えばざるそば二百四十キロカロリー、あんぱん八十キロカロリー、ごはん茶わん一杯二百キロカロリー、ラーメン四百キロカロリー、カレーライス六百四十キロカロリー、うなぎ丼六百四十キロカロリー、ビール八十キロカロリーなど、普段外食する食物のカロリーを記憶し、メモなどして毎回チェックすること。食べすぎたら翌日減らす。

三、軽い運動を続けること。毎朝三十分、家の近くの隅田川のほとりを速歩した。この速歩はクセになるのが特徴。苦しくない運動でそのうえ朝の自然のすばらしさに感動する。気候のよい時季にはとび出してみていただければ、新しい自分を発見できるに違いない。

四、毎朝、体重計に乗ること。スケールを見るのがつらくても体重を見る。減量が始まったら自信がよみがえる。

この四カ条の実践の効果は抜群で、コレステロール値、血糖値、血圧などのバイタルサインがすべて合格点に入り、階段など駆け上るようになってきた。食事は感謝しておいしく味わえる。

私に「脳梗塞になるよ」と脅した医師が新しい検査値をじっと眺め「あれっ、どうなっちゃったの」と不思議なカオをしたのを見たときは、ヤッタと心の中で歓喜の声をあげた。「六十歳過ぎたら体重さえ注意していればよき晩年が送れるよ」とささやいてくれた、米国デューク大学医学部長A教授の声が今も耳に残っている。

37——人参ジュースダイエットでメタボに克つ

初めてのダイエット挑戦

私が初めて石原式人参ジュースダイエットに挑戦したのは今から二十年前のことであった。一九九二年に処女出版した『体験的フィランスロピー』という本のあとがきにこんなことを書いた。

「一九九二年八月二日より十六日まで伊豆のヒポクラティックサナトリウムで石原式自然療法による断食を決行した。決行というのは大げさかもしれぬが五五才の多忙なサラリーマンが二週間も休みをとるというのが私にとってまさに決行であった。

『断食や　冷やしうどんの　旗まぶし』

など駄句がこぼれるほどつらい時期もあったが結果は上々、体重も十キログラム減り血圧も正常化した。そして『体験的フィランスロピー』の最終校正が出来た。

また定年後の人生をどう生きていくかについて自身の心の叫びを静かに聞く時間がもてたことは何より嬉しいことであった。」

あれから二十年、今日まで思いもかけぬ人生が待ちうけていた（会社員―大学の教員―東大附属病院にこにこボランティアの創設―老人ホームの施設長など）。その間、気力を持って働きつづけ何の病気もしていないことは人参ジュースダイエットの断食のお陰かなと思っている。この人参ジュースダイエット方式は他の水断食など苦しむ断食方法と違い、ちょっとした我慢で痩せられる。

とにかく身体を温める

この方式は一九八五（昭和六十）年に石原結實医師が伊豆高原に「ヒポクラティックサナトリウム」を開設しスタートしたもので、石原慎太郎都知事（当時）も十年間毎年通い、著者『老いてこそ人生』（幻冬舎）で「まったくへたることなしに体重を予定より減らしました。断食こそ世界の名医の一人と知らされました」と記している。石原医師は『石原式ショウガはちみつダイエット』（GEIBUN MOOKS）とか『家庭でできる断食養生術』（PHPエル新書）等、たくさん本を出版している。

彼の主張するダイエットのポイントは、身体を温めれば痩せられる、断食は身体を温めかつ殺菌する、身体を温めて水を出せと強調し、そのために朝食はしょうが紅茶と人参ジュースだけにすることを強く勧めている。この原則をもとに、ヒポクラティックサナトリウムの一日のスケジュールが用意されている。

「八時　人参ジュース三杯
　十時　具なしみそ汁
十二時　人参ジュース三杯
十五時　しょうが湯
十八時　人参ジュース三杯」

これだけで、あとは自由行動である。石原医師は一日九杯の人参ジュースに断食成功の鍵があると断言している。にんじん二本とリンゴ一個を皮も種も一緒にジューサーにかけただけのものだが、レモンを足すと飲みやすくなる。

綿密なダイエットのスケジュール

私は二十年前に友人の紹介で石原医師と知り合い、その後全部で三回このダイエットを経験してきた。大体夏休みを利用して伊豆へいく。

向こうでの行動は、まず朝五時に起きる。前日寝るのが夜十時だから自然に目が覚める。一時間はウォーキング。温泉に入り人参ジュースを飲む。体操、十時に具なしみそ汁。十二時昼の人参ジュース。午後は診察、十五時しょうが湯、夕方ウォーキング、十八時人参ジュース。

ときどきちょっと空腹を感じたら黒糖を一個食べる。これで空腹が止まる。空腹とは胃袋が空っぽになるということではなく、血糖値が下がると空腹感が出る。糖分それも黒糖を入れることで空腹感が止まると先生は言う。

三日目くらいから宿便が出、異臭がたちこめる。すべての老廃物が出てくる。その頃から減量が始まる。七日目の断食終了の日には、おもゆ、お粥などが出て胃をならしつつ普通のごはんに戻っていく。

約一～二週間で五キログラムは減量できる。ただし一日一万四千九百円。もったいないからと自宅でやってみたが、自制力のない私は失敗だった。リバウンドするのである。伊豆の施設ではみんなでダイエットするから続くのだ。

日常生活でも継続

しゃばに戻った現在の私の食生活は、朝人参ジュース一杯（市販）しょうが紅茶一杯野菜スープ一杯、昼老人ホームの給食もしくはそばかうどんに七味唐辛子をいっぱい、夜は何を食べてもよい。酒は温かいものなら何でもよいと石原氏は言う。

この方式を三カ月続けた現在はピーク時から八キログラム減量し、身体が軽く生まれ変わったような気がして気力が充実し、毎日が楽しい。ふと振り返ってみると、わが老人ホームの高齢者には一人も太った人がいないことに初めて気がついた。本書の読者でメタボにお困りの方は相談にのりますよ。

38——痩せることでついた自信

リバウンドによる悪循環

二〇一〇（平成二十二）年の夏は本当に暑かった。「心頭を　滅却できず　喘《あえ》ぐ夏」——こんな句が実弟の暑中見舞に書いてあったが、日本中、フライパンで炒られているような厳しい夏であった。

ただ、私自身にとっては、暑さに喘ぎながらも、老後の人生に自信を持たせてくれた意義ある夏を過ごすことができたと自負している。そのわけは、単純なことながら八月一日から三十一日までの一カ月間でちょうど十キログラム減量でき、心身ともに生まれ変ったという満足感である。

ここでは、減量して、それまで諦めていた能力が復活し老後の人生を気分よく生きる自信が湧いてきた私の実体験を、高齢者の方々に報告したい。

実をいうと、私は過去三度断食（人参ジュースダイエット）に挑戦し、三度とも失敗している。断食して一時は減量するが、すぐリバウンド（反転）して断食する以前より太り、とくに二〇一〇年は八月一日で九十キログラム近くになった。身長百六十五センチメートルの小男であるからその醜い太り方は異常で、おなかも布袋のように飛び出て会う人ごとに「どうなっちゃったの」とからかわれる仕末。衣服のみならずなんと靴までも履きにくくなってきた。血圧は急激に上昇（百七十～九十）。さらに悲しいことに、左膝が痛みだし階段の上り下りが苦しくなってきた。

整形外科医はレントゲンを撮り、「ああこれは健全な老化現象です」と言って注射をし薬をくれたが、一向に治る気配がなかった。「老化はまず足から来る」といわれるが、私も年々老化したと悟らされなんとなく淋しい気がした。

追いうちをかけるように右膝も左肩も不愉快な痛みが出てきた。そのようになると、朝の散歩は中止。大好きなゴルフもできなくなり、その不愉快さを晴らすために、酒を飲み、大食をする。動かない↓食べる↓太る↓痛む↓だから動かない、そしてさらに太るという、太る悪循環の回路に突入していった。

さらに悪いことに、これまでダイエットに挑戦し失敗しているから、もうダイエットしても駄目だ、年をとれば自然に痩せる、今のうちに食べられる幸せを満喫しようと開きなおってしまった。

私にもできた、一カ月で十キロの減量

ところが人に何の迷惑もかけていないのに、私の周囲の人々に「みっともない」「恥ずかしい」「おなかに地球儀を入れているのか」と酷評され、身体のあちこちの痛みが激しく我慢の限界になり、人参ジュース断食の開発者の石原結實先生に恥を忍んで「助けて」という心境になった。悩んだあげくもう一度真面目にダイエットに挑戦しようと決心し、八月上旬、伊東にある石原ヒポクラティックサナトリウムに四日間入所した。

この四日間が意義ある期間なのである。一週間・二週間のコースもあるが私にとっては四日間でよく、入所して一緒にダイエットしている人々を見るにつけ自分も頑張ろうという気になってくる。自分自身がその気になるということが一番重要なのである。

今回は退所後のリバウンドに特に注意し、一カ月後の三十一日、十キログラム減が実現した。石原医師の夫人石原エレナ氏（ロシヤ人心理学者）の講義があり、「とにかく良き習慣を身につけるには同じ行為を忍耐して四十日間続けなさい。必ず成功する」と言われた言葉は実に効果的であった。

再びゴルフができるまでに

さて、十キログラム痩せて心身にどんな変化が出てきたか。まず身体の変化である。驚くなかれ、両足の膝の痛み、左肩の痛みが霧が晴れたようになくなった。血圧も正常（百四十～七十）になった。おなかの周りも百センチから九十センチに減ってきた。

さらに嬉しいことに、もうやめてしまおうかと思ったゴルフができるようになった。私の好きなメンバーコースでもある熱海ゴルフ倶楽部にはせ参じ、一人でカートを運転して三十五度の真夏のゴルフ場を大汗をかきかきワンランドできたよろこびは言葉では言い表せない。大袈裟にいえば十歳若返って、また新しい人生を取り戻した気がして心から神に感謝した。

一日六千歩歩けばリバウンドせずダイエットの効果が上がるという目標が与えられ、携帯電話についている万歩計を見ながら毎日楽しみながら歩きはじめた。胃が小さくなったのか、これまでの量の半分で満腹感が出てきた。

このようにして、太る悪循環から痩せて気分が良くなる好循環の回路が出来上がった。今は朝五時に起床し、近くの隅田川河畔に飛び出し六千歩歩く。汗だくで戻って風呂に入る。

朝食は人参ジュース一杯とみそ汁とサラダ（百五十キロカロリー）、昼はとろろそば（三百五十キロカロリー）、夜は何を食べても何を飲んでもよいという石原先生の言葉があるがそれにも限度があり、油断せず酒も含めて一千キロカロリーにとどめている。夕食に九百キロカロリーあればかなり何でも食べられる。

合計一日一千五百キロカロリー。七十歳男性は一千八百五十キロカロリー必要だが、一千五百キロカロリーにとどめておくと一日三百五十キロカロリーの減量となり、一カ月に二キログラム痩せる計算になる。

こんなことを大ざっぱに頭に入れて第二次ダイエットとして、あと四十日間実践しようと思っている。一カ月ぶりに友人に会うと「おっスマートになったな」という言葉が返って来て嬉しく、駅の階段も駆け上がるようになった。

何歳でも生活習慣は変えられる

人間の能力とはまことに不思議なものである。使わなければたちまち衰えるが、積極的に使いだせば衰えていた能力でも着実に戻ることが分かった。

作家の中野孝次は「たしかに齢をとれば緒事若い時のように出来なくなっていくのは当然だがこちらが気分を積極的に保って諦めずに頑張っていれば人間の能力というものは案外衰えないんじゃないか、少くともある程度衰えに抵抗出来る。自棄、つまり自分から自分はもうダメだと思いこむのがたぶん何にもまして衰えを加速させてしまうのだ」と記しているが、まったく同感である。

七十四歳でも決心すればその生活習慣が変えられるという私の体験が読者のお役に立てば幸いである。ポイントは次の七カ条である。

①まず強く決心すること。②朝人参ジュースを飲むこと。③毎日六千歩歩くこと。④四十日間続けること。⑤一千五百キロカロリーを守ること。⑥毎日体重計にのること。⑦感謝すること。

それでもリバウンドが心配なら…

最近（二〇一三〈平成二五〉年二月）、石原医師にお目にかかった時にいわれたことは、七十五歳を過ぎたら一日一食でもよい。そして、少し大食したと思ったら日曜だけ断食するといい、リバウンドを防げるとの話だった。

夫人のエレナ氏にやはりリバウンドの防止策を尋ねると、「ひとつあります、食べないことです」といわれた。

四日間の断食で五キログラム減量できた。

39

――平成「病牀六尺」(1) 骨の病気との闘い始まる

初めての激痛で動けず

七十五歳(二〇一一年)になるまで、ほとんど病気らしい病気をしたことのない私が、突然、両肩、両膝、腰に激痛が走り、それから約三カ月、地獄にいるような苦しみを味わった。この歳になるまでギックリ腰や五十肩、膝の痛みの経験もあり、大抵は少し我慢していれば治っていた。

今回ケタ違いの、この骨の痛みの原因は一般的には加齢と肥満で、女性は男性より多いと医師は言っている。現在、この痛みで悩んでいる人、また高齢で肥満でも痛んでいない方もいずれ経験することもあるので、他山の石として私の闘病記を参考にしていただきたい。

とにかくこの病気が発生する直前まで、講演で全国を飛び回り、ゴルフもし、酒を毎晩飲み、おいしいものを食べあさる。碁をやり落語（三遊亭圓王率いる三遊会）にも入門し、時間があれば夜遅くても知らないスナックでも入ってカラオケにうつつをぬかす不良オヤジであった。

太り過ぎだと医者に言われても、「肥満で人に迷惑はかけていない。ミシュランも認める世界一の美食都市東京に住んで自腹でおいしいものを食べて何が悪い」と唯我独尊の態度をとっていた。そんな日常で一分一秒もじっとしていることが嫌いな人間が、突然、寝床から動けなくなった姿を想像していただきたい。

「動けない」というのはまず寝床から起き上がれないのである。亀が仰向けになった状態である。両肩に針を刺したような痛みであるので、歯をくいしばって身体を起こす。一息ついてまた激痛に絶叫しながら立ち上がるまで最低三十分はかかった。このときほど自分の肥満を呪ったことはない。老人ホームの介護職員が、太った人を嫌う気持ちがよく分かった。

真夜中、隣室で寝ている家人を携帯でナースコールし排泄にいく。それが一晩平均八回。そのために寝る暇もなく、家人も私もフラフラになった。ついに情けないがオムツを使用しだした。朝になって汚れた身体をシャワーで丁寧に洗い着替えをして、やっと人間に返ったと思う日が二カ月も続いた。

四月に入り、キリスト教のイースター（復活祭）がやって来た。「復活」はユダヤ語で「アナスタス（立ち上がる）」ということを知った。今の私にとって、立ち上がることが一大事業なのである。私の行動範囲は寝床とトイレの約三メートルで、地獄の座敷牢に放りこまれたと思わされた。どうしてこんな目に遭うのだろう。

さて、一旦立ち上がることができたら今度はふとんに寝るのが恐くなり、一日中リクライニングチェアに座りつづけた。そのためかエコノミー症候群のようなものを引き起こし、両足は大根のようになり、両手両腕も丸太棒のようにむくんできた。三月以後の約束や講演はすべてキャンセルせざるを得なくなった。四月から始まるNHKカルチャーセンターの講座も、申し込みを受けつけていながらキャンセルするのは本当に心苦しかった。

自分に「老い」がやってきたと痛感した。ちょうど、秋、突然風が吹いて、一夜にして枯木になった姿を思い浮かべた。これからどうやって生きていったらいいのか。

『病牀六尺』を慰めに

こんなとき、俳人正岡子規の『病牀六尺』という随筆集に出会った。子規が結核にかかり、一歩半歩はもちろん、病牀六尺の空間さえも広しとして身動きできぬ状況にありながら、一九〇二（明治三十五）年五月五日から死ぬ二日前の九月十七日まで新聞（「日本」）に連載されたものである。三十五歳で昇天した天才子規の名作である。

この本を読んで、私は苦界の中に一縷《いちる》の光明を見出すことができた。

第三十八回（六月十九日）

「爰《ここ》に病人あり。体痛みかつ弱りて身動き殆ど出来ず。頭脳乱れやすく、目くるめきて書籍新聞など読むに由なし。まして筆を執つてものを書く事は到底出来得べくもあらず。而して傍に看護の人なく談話の客なからんか。如何にして日を暮すべきか、如何にして日を暮すべきか。」

子規はどのようにして一日を過ごしたらよいか悩んでいる。病人の一日はまことに長い。そして、第三十九回の文は誠に悲惨である。

第三十九回（六月二十日）

「病床に寝て、身動きの出来る間は、敢《あえ》て病気を辛しとも思はず、平気で寝転んで居つたが、この頃のやうに、身動きが出来なくなつては、精神の煩悶《はんもん》を起して、殆ど毎日気違のやうな苦しみをする。この苦しみを受けまいと思ふて、色々に工夫して、あるいは動かぬ体を無理に動かして見る。いよいよ煩悶する。頭がムシヤムシヤとなる。もはやたまらんので、こらへにこらへた袋の緒は切れて、遂に破裂する。もうかうなると駄目である。絶叫。号泣。ますます絶叫する、ますます号泣する。その苦《くるしみ》その痛《いたみ》何とも形容することは出来ない。むしろ真の狂人となつてしまへば楽であらうと思ふけれどそれも出来ぬ。もし死ぬることが出来ればそれは何よりも望むところである、しかし死ぬることも出来ねば殺してくれるものもない。——中略——誰かこの苦を助けてくれるものはあるまいか、誰かこの苦を助けてくれるものはあるまいか。」

このように子規は、病苦のありさまを率直に表白している。私もこれに近い苦界を味わった。人間は簡単にピンピンコロリなどいかぬものだと悟り、人生最後にすべきことなどを考えた。それらをおこがましくも平成「病牀六尺」として、何回か書きつづけてみよう。

40——平成「病牀六尺」(2) 治療機関を選ぶ

長期戦の覚悟

二月末（二〇一一年）に発症した肩、腰、膝の骨の激痛は大幅に減少したものの、七月中旬現在、まだ完治していない。両手のしびれもあり両肩も手を伸ばすと痛い。腰もだるいし鈍痛が続き、膝も階段の昇り降りに際しキクッとした痛みが走る。医師は一年半〜二年はかかると言っている。長期戦である。

「おい癌め　酌みかはさうぜ　秋の酒」（江國滋）の名句をまねて、

「骨たちよ　酌みかはさうぜ　冷し酒」（一雄）。

今だから「酌みかはさうぜ」などと呑気なことをいっていられるが、当時の日記を見ると相当あわてふためき、その結果大きな間違いを起こしている（これはぜひ参考にされたい）。

正確な診断をつけることが大事

二月二十一日（月）　晴

早朝、肩、腰、膝が痛みだし、ちょっと今までの痛みとは違う。どこかで診てもらいたいが、さてどこへ行くべきか。

まず、今までときどき診てもらっていた近所の整骨院に行き、院長の判断で一時間ほど赤外線照射をしてもらう。三回通ったが効果なく、また、痛みの原因を聞いても説明に納得がいかないので止めることにした。

次に近くで開業している友人の指圧師に相談する。彼はこれは絶対に指圧と鍼灸《しんきゅう》で治るといい、徹底した強いマッサージと肩、腰、手の甲に鍼灸もしたが、まったく効かずむしろ悪化していった。五回で中止。

……反省。

今から考えると私は治療機関の選択ミスをしていたのである。聖路加国際病院の井上肇名誉医長は、次のように警告をしている。

「骨の痛みが起きたときは、まず四～五日安静にすることが大切。いちばん危険なのは近所の人や友人のアドバイスである。素人判断は注意すべきである。あわててマッサージやハリ、カイロプラクティック、気功にとんでいくのが一番よくない。」

「必ず整形外科医の診断をつけてから治療法を決定すべきである。特にマッサージやカイロプラクティックは、骨がもろくなっているときに無理な力を加えると骨が折れるなど危険なケースもあり、これらの施術を受けたいときは、まず医師の診察を受けた上で試すべきである。」

「整形外科とこれら民間療法の違いは、民間療法はレントゲンがないという事と骨そのものの病気に正確な診断が出来ないという事である。」

事前にこういうことを知っておけばよかった。

二月二十八日（月）　曇りのち雨

整骨院もマッサージも諦めて、近所の人がすすめるA整形外科に行く。看板には「内科整形外科」と記してある。評判が良いだけあって満員。

二時間待たされてやっと診察。早速、血液検査、レントゲンを撮る。近くの東京慈恵会医科大学病院でMRIも撮るようにと指示される。MRIは、レントゲンでは写せない椎間板や神経まで画像にできるコンピュータ画像法である。両肩の局部にブロック注射（ヒアルロン酸）を打つ。

施薬として「ロキソニン」「ミオナール」「ボルタレンサポ」を一日三回食事後、飲むことを義務づけられる。良き医師かどうか分からないが評判がよいようだから、当分この医師にまかせようと思った。

帰り際に「三カ月後にはもっと悪化し痛くなりますよ」と言われた言葉が気になった。「どうして薬を飲んで悪くなるのか」と反論したかったが、初日なのでその質問を飲み込んで言わずに帰宅した。

寒く長い一日であった。この日二十八日（本当は二十九日）が七十五歳の私の誕生日で、今日から後期高齢者になった。曽野綾子が七十五歳からを後期高齢者と設定した当時の厚労省の役人の慧眼をほめていたが、七十五歳から病人が急増するというデータがあるようだ。

「誕生日　整形外科に　梅一輪　一雄」

……反省。

結論から言えば、評判が良いと近所が噂しているのを信じてA整形外科に依存したのが間違っていた。私は中央区勝鬨に住んでいるので、タクシーで十分ほどの聖路加国際病院に行けばよかったのだが、なんとなく高級で近寄りがたい雰囲気があったので、それまで一度もかかったことがなかった。

そこで読者に質問してみたい。あなたなら、大病院と開業医（整形外科）のどちらを選ぶであろうか。前述した井上医師は、次のように述べている。

「大病院は、検査装置が完備しているし治療技術が安定しているという利点がある。治療技術も一定水準を保っている。開業医は、親しみやすいが技術にばらつきがある。一方、秀れた開業医も存在する。診療にあたるのはあくまで人であることを忘れないでほしい。開業医を選ぶときは、少なくとも専門家であることが最低条件。整形外科の科目だけを掲げて専門に診療している医師が望ましい」と。

私の選んだA整形外科は人の噂をたよりに訪問し、看板に「内科整形外科」と記してあったことを思い出した。

三月十一日(金) 晴

東日本大震災発生。動けぬ身体を無理に起こし机の下にもぐり込む。高層ビルの一室、本棚の本がくずれ落ち余震も長く続いて、一瞬これで私の一生も終わりかなと思った。巨大津波の映像がテレビで何度も繰り返され、誰しも「心の臨死体験」を否応なく味わったと思う。被災者の苦しみを思い、夜一睡も出来ず。

A整形外科医の施療は全然効果なく、痛みは減らず両腕・両手・両足が大根のようにむくんできた。はっきりした原因が医師も分からないと言う。次第に不安が高まってくる。一応信頼して二カ月間通った医師を替えたいが、勇気がいる。

替えたいが、どうやって言い出したらよいか。次はどこの病院に行ったらいいのか、悩みに悩んだ。

41

——平成「病牀六尺」(3)良き医師に当たるも運のうち

病院を替える決心をする

四月十日(日)晴

四月に入ると勝鬨橋近辺の桜も一斉に咲きはじめ、早朝杖をついて運動がてら近くの公園に行く。隅田川を一望できるこの小さな公園の丘の上に立つと、有名な『方丈記』(鴨長明)の一節が口をついて出てくる。

「ゆく河の流れは絶えずして、しかももとの水にあらず。よどみに浮かぶうたかたは、かつ消えかつ結びて、久しくとどまりたるためしなし、世中《よのなか》にある人と栖《すみか》と、又かくのごとし」

『方丈記』の中には当時の天災が詳しく書かれている。元暦（一一八五年）の大地震、安元（一一七七年）の大火災、治承（一一八〇年）の竜巻、飢饉など。それに苦しむ人々は天罰と思い、各地で祈禱をかけたと記されている。一千年後の日本も同じような状況下にあり、人は人間のたちうちできぬものに恐れおののいているように見える。

「人間は宇宙に対しもっと畏怖しもっと謙虚になれ」と辺見庸（芥川賞作家）はテレビで語っていた。津波の被害から生き残った人が「私たちはたまたま生き残ったのだ。生きていることが偶然で死ぬことは不変と悟った」と言った言葉が印象的であった。

子規も、「悟るとは如何なる場合にも平気で死ぬる事かと思って居たのは間違いで悟るという事は如何なる場合も平気で居ることであった」と「病牀六尺」に書いている。杖を突いてぽつんと立っている私に春風が吹きつけて、桜の花びらが舞ってくる。

杖をつく　孤影にまつわる　花吹雪　　一雄

四月二十日（水）晴
いろいろな病気を抱えている囲碁の友人に、医師を替えて新しい病院に行きたいがどうしたらよいかと相談したら即座に「そんな医師はすぐ替えたほうがいい。そしてP大病院をすすめる。あそこは有名人の手術の成功で有名になり満員だ。行くなら朝早く行け」と忠告してくれた。わらをもつかむ気持ちであった。

四月二十九日（金）　晴

朝五時起床、七時にタクシーを呼びP病院に向かった。途上、家内が「今日は祭日（昭和の日）ではないかしら」と言い、電話をしてみると案の定休みである（がっかりしたが、実はこのことが好運を招いたとあとで分かった）。早朝なので日比谷公園に行き、万緑したるベンチに二時間ほど座って帰宅した。自然の美しさがまぶしかった。

万緑の　中や吾子の歯　生え初むる　　中村草田男
万緑の　力をたよりに　一歩づつ　　一雄

四月三十日（土）　晴

ついに決心してA整形外科院長に「病院を替えてみたいが」とおそるおそる切り出した。一瞬、院長の顔色が変わったが、「大病院で再チェックしてもらうのも一つの方法だ。いずれまたこの病院に戻ってくるようになるだろうがね。どこの病院へ行くつもりか」。「聖路加国際病院かP大病院と考えている」と言うと即座に、「Pは止めなさい。あそこはすぐ手術をすることで有名だが必ずしも良くない。聖路加に紹介状を書こう」と言い切った。

後のこととしてこの判断は正しかった。というのはこの話を杉並区高円寺の高齢者センターで講演したとき、参加者の一人の女性が「あっ」と声をあげて机にうつぶした。その理由を聞くと、「実は私が五十七歳のとき、突然あなたとまったく同じ症状が出た。主人に連れられてP大病院へ行くとすぐ手術された。一旦痛みは止まったが、十日後、また激痛が起こったのでPへ行ったところ、なんと手術した医師は、再発した患者は診ない方針だと玄関払いされ、紹介状も書いてくれない。それから四年間、寝たきり状態になった。やっと近頃車椅子で外に出られるようになったが、今でもあの病院のあの医師を恨んでいる。どこかへ訴えたいと思っている」と涙ながらに話してくれた。背すじに冷たいものが走った。

五月九日（月）　晴

紹介状を持って聖路加国際病院へ行く。激痛は相変わらず続く。整形外科に行くとその医師は問診のあと、あなたは内科で診てもらいなさいと言って若い内科医を紹介してくれた。

一瞬、大病院ではこうやってぐるぐるあちこちに回されるのかと嫌な予感がした。内科のN医師は、レントゲン、CT、MRIの検査を徹底的にして、「その結果を見て判断する、特にこの痛みは癌からくることも多いので、胃と大腸と膵臓を調査する」と言った。

五月十三日(金) 曇り

朝三時頃、奇妙な夢を見る。

突然、悪魔が襲って来て私は足腰の痛みをこらえて必死に逃げる。ついに追いつかれて悪魔が私の首根っこをつかまえて引きずりこもうとする瞬間、首から手が離れて私はごろごろと坂の下に転がり、ふと後ろを向くと悪魔は悲鳴をあげて崖の下に転落していくという変な夢だ。

あまりにもその光景がはっきりしているので、家人を起こしてその話をしたら笑ってとりあってくれなかったが、私は、これは好運が近づいている予兆だと思った。

この日、検査の結果がどんなものかと少しおそれつつ病院に行くと、若いN医師は優しくも威厳を持って次のように宣告した。

「脊中《せきちゅう》管狭窄症《かんきょうさくしょう》、骨粗鬆症《こつそしょうしょう》、腱板断裂《けんばんだんれつ》の可能性はあるが、むしろ内科的病気が原因であると思う。癌については胃癌はなし、大腸はポリープが三カ所あってすぐ切ること、膵臓は再検査をする。一応一万人に一人といわれる膠原病《こうげんびょう》の一種であるリウマチ性多《せいた》発筋痛症《はっきんつうしょう》と判断する。今までの薬（ボルタレン）は破棄し、ステロイド（プレドニン）を投薬する。これは劇薬なので、副作用として骨粗鬆症や白内障、高血圧、肥満を促進するが、それを防止する薬も併用してもらう。完治には一年半はかかるが、本人の努力も必要なのでがんばってもらいたい」と。

私も納得がいく実に見事な診断であった。振り返れば結局、良き医師に当たるのも運であると思った。この薬を飲んだら驚いたことに、ぴたりと激痛が消えていった。

42 ――平成「病牀六尺」(4) 現代医学でもわからない骨の病気

なでしこジャパンを心の灯に

六月二十三日(木) 快晴

N医師から与えられたステロイド(プレドニン)で激痛が消え、トイレも風呂も散歩も一人で自由に行動できるようになった。痛みが完全になくなったわけではないが、これくらいは我慢しなければならない。プレドニンが劇薬といわれるように、両手両足に軽いしびれが残っている。

N医師は、「今後、注意すべきこととして、①薬は正しく飲む、②散歩など歩くことが大切、③太らないこと、④骨粗鬆症が進むので転ばぬように。『CRP』(炎症度)は大幅に減少し、大腸ガン・胃ガンはない。膵臓ガンは再検査する」と述べた。今まで原因不明で不愉快な毎日が続いていたが、この診断と結果で霧が一気に晴れ、久しぶりに昼食時に大ジョッキビールで乾杯した。

それにしても、二月から今日まで四カ月間、三人の医師や施療師に関わってきたが、どうしてこの病気を見つけることができなかったのだろうか。整形外科医の義弟（四十年も整形外科として開業している）が言うには、「実を言うと骨や筋肉の病気は現代医学ではよくわかっていない。骨の病気の原因はどの本を見ても、単純な骨折以外は①老化、②肥満、③いわゆる痛み、と分類している。このいわゆる痛み（腰痛等）として痛みを一把ひとからげにしているところに医学の未発達を推察してほしい。筋肉痛についても日本のどの病院にも筋肉科はない」。義弟だからここまで説明するが、一般の医師は口が裂けても分からないとは言わない。

もう一つの疑問として、聖路加国際病院の医師が書いた本を読んでいたら、「ステロイドは十年前は魔法の薬として日本中のどの医師も使っていたが、副作用が強いので今はあまり使わず、ヒアルロン酸が中心になっている」と記されていた。ステロイドで喜んでいたが、大丈夫だろうか、不安になってきた。

六月三十日(木) 猛暑 三十四度

テレビでは相変わらず菅首相の批判が続いている。東日本大震災のニュースは暗いが、なでしこジャパンの活躍はいつも心に灯をともしてくれる。

病院に行くと「膵臓ガン無し」と告げられ、飛び上がるほど嬉しかった。再三検査するのである程度覚悟はしていたが、膵臓ガンは発見しにくく転移もしやすいガンと聞いていたので、「なし」と知ってほっとした。

医師にステロイド(プレドニン)についての疑問をぶつけてみた。

「確かにステロイドは副作用が強いことは事実である。しかし、膠原病の一種であるリウマチ性多発筋痛症を治すにはステロイドしかない。これを寛解《かんかい》といって、限定された薬で病気を抑えこむものである。まず、この薬を使って痛みを止め、痛みが減ったら徐々に薬の量を減らしていく。はじめは15mgだが5mgまで減らすことができたら成功である。ただし、減らすにしても必ず医師の指示に従ってもらいたい」とのことであった。

膠原病とは何かと聞くと、「膠原という内臓はない。『膠』というのは『にかわ』であり、細胞と細胞を結びつけるゼラチン質の接着剤で、膠原病は運動器の障害、全身性の疾患である」、「リウマチ性多発筋痛症は、高齢者の女性が男性の三倍発症する」。

私の担当医の説明は、いつも丁寧で分かりやすく謙虚である。日野原イズムが徹底しているのだろうか。

日野原先生の著書を読むと、「医師としての姿勢は医師と患者、上から下という関係ではなく、人間対人間という対応をすべきである」と記している。先生自身が京都大学の学生の頃、十カ月ほど結核で入院したときに得た教訓と、四十歳の一九五一年に米国へ留学したときの経験から、患者の立場に立った医師のあり方を学んだようだ。

特にアメリカでは、医師の椅子と患者の椅子が同じであること。患者を診察する際には、まず医師のほうから自己紹介をすること。また、先生の師匠であるオスカー博士は患者と話すとき、いつもベッドの傍の椅子に腰をかけて患者と目線を同じにしていることを見て、日本の医師のあり方を変えなければならない、医師だけでなく日本の医学の倫理を変えなければならないと思ったと、常に主張しておられる。

患者の視点に立つという考え方から、一九七〇（昭和四十五）年にボランティアの導入を果たした。当時は院内の反対者も多かったという。また、一九九二（平成四）年の院長時代に聖路加国際病院の建て替えをすることになり、その際反対の多かった玄関の待合室を特別広くとって美しい絵を飾り、音声は出ないが文字が出る大型テレビを取り付けた。

さらに、スターバックスを招いてオープン式のコーヒーショップを開き、患者やつきそいのオアシスにすることができたと、普段あまり自慢しない先生が嬉しそうに書いている。ちょっと遠回りしたが、聖路加国際病院を選んで本当にラッキーであった。

たまたま九月八日の朝、聖路加の玄関で日野原先生に出会った。背中は少し丸くなっていたが、白いブレザーを着て早足で歩く姿は、一カ月後（十月四日）に百歳になる人とは思えなかった。まさに、長寿国日本の誇るシニアモデルである。目礼して先生のさらなるご長命を祈った。

43

——平成「病牀六尺」(5) 闘病ざれうた二十選

闘病経験から得られたこと

「平成『病牀六尺』」と題して、前回まで四回にわたって突然私を襲った病気と闘病について記してきた。連載（山形の介護・女性情報誌『月刊ほいづん』）当時、意外にも反響が大きく読者からも質問やら感謝の手紙をいただき恐縮したが、いかにたくさんの人が骨の病気で悩んでいるかがよく分かった。「同病相憐れむ」の言葉があるように、「あなたも私たちの仲間に入れてあげるよ」というようなニュアンスの手紙が多く、本当に嬉しかった。

さて、今回は「平成『病牀六尺』」の最終回として、今までの文章から「骨の病気になったら——注意すべき留意点」をまとめてしめくくりたいと思う。

その一、まずどの治療機関に行くべきかを慎重に考えること。

(2)に記した私の医師選択の失敗をぜひ参考にしていただきたい。くれぐれも慌てて、マッサージや接骨院に行かないこと。大学病院と民間クリニックの長所・短所をよく見極めること。

その二、医師一人にこだわるな、セカンドオピニオンを探せ。

かかりつけの医師は万能ではない。必ずもう一人か二人の医師に診断してもらって、納得できる医師を真剣に探すこと。納得できなければだらだらと続けず、運は天にまかせて思い切って医師、薬を替える勇気を持つこと。

その三、骨の病気は現代医学でもはっきりとは分からない。

(4)にこのテーマで記述したが、痛みには骨自体からくるものと、それ以外の原因から起こるものがある。骨以外というのは例えば癌、リウマチ、眼精疲労、うつ、ヒステリー、バレリュー症候群（自律神経系異常）などで、頑固な便秘も強い痛みを引き起こす。これらは整形外科では分からないので、必ず内科の専門医にかかることをすすめたい。痛みは何らかの注意をあなたに発している警告であるので、慎重に対処してほしい。

一方、骨の痛みの主なものは骨粗鬆症、椎間板《ついかんばん》ヘルニア、脊柱管狭窄、半月板損傷、腱板断裂などすべて老化からくるもので、少々の痛みは高齢者にとって当然のことと思って耐えるほかない。まさに「ヘルニアよ　酌みかわそうぜ　秋の酒」である。痛みを友だちにするのである。

その四、症状改善の主体は一〇〇%自分自身である。医師はアドバイザーである。努力目標は次の二つ。

① 常に前向きの姿勢で――必ず治ると潜在意識に問いかける（マーフィーの法則）。サムシンググレート（太陽でも神でも祖先でもよい）に感謝と助力の祈りを続け、自然治癒力を信じること。

② 回復への努力を怠らない――軽い運動、バランスのとれた食事（太ることは厳禁。毎日体重計にのること）、入浴、正しい呼吸法、おだやかな心を持つ努力。

闘病ざれうた二十選

さて、最後は苦しい病床でつくった「ざれうた」でしめくくりたい。題して「今は我慢でいつかは笑う」。

オムツしてトイレもいけぬ苦しさよ
　　今は我慢でいつかは笑う
神様よなんで私がこんな目に
　　今は我慢でいつかは笑う
病んでみて初めて分かる生きること
　　今は我慢でいつかは笑う
ヤブ医者に出会ったことも運の内
　　今は我慢でいつかは笑う
友達に見せたくないよこの姿
　　今は我慢でいつかは笑う
づけづけと口から尻から管入れる
　　今は我慢でいつかは笑う
胃カメラも大腸検査も楽でない
　　今は我慢でいつかは笑う

眠られぬ夜は落語を聞いている
　今は我慢でいつかは笑う
花吹雪舞い散る丘でホカベン食べる
　今は我慢でいつかは笑う
杖をつき隅田の河辺で「花」歌う
　今は我慢でいつかは笑う
ビール飲む若者横目で眺めつつ
　今は我慢でいつかは笑う
ダメはダメ妻のルールは憲法だ
　今は我慢でいつかは笑う
酒を断ち飯を減らして野菜食う
　今は我慢でいつかは笑う
病気してメタボ一気に解消す
　今は我慢でいつかは笑う
ボルタレン　ヒアルロン酸　マッサージ　どれが効くのか分からない

今は我慢でいつかは笑う
夢見るはうな丼カツ丼豆大福
今は我慢でいつかは笑う
夢見るは香港　アメリカ　アルゼンチン
今は我慢でいつかは笑う
夢見るはゴルフ　カラオケ　碁の敵《かたき》
今は我慢でいつかは笑う
夢見るはアメリカに住む孫の顔
今は我慢でいつかは笑う
有難とう感謝の歌を三唱す
今は我慢でいつかは笑う

九月十九日、『病牀六尺』を書いた子規の命日に東京根岸にある子規庵を訪ねた。その庭には若くして他界した子規の霊を慰めるように大きな糸瓜《へちま》がたわわと垂れ下がっていた。

糸瓜咲て　痰のつまりし　佛かな　　子規絶筆

生の中に死もある

44 ——よく生きよく死ぬ——わが死生観

六十歳と七十歳の違いとは

二〇〇六（平成十八）年、私は古稀（七十歳）になった。一九三六（昭和十一）年二月二十九日というちょっと変わった日に生まれたので正式な誕生日は十七回しか迎えていないが、間違いなくシルバーパスがいただける年齢になった。子供時代は身体が弱く、ここまで生きるとは思わなかったが、いつか知らぬ間にこの齢《とし》になっていた。

人に齢を聞かれたときは若いほうへサバを読むか、言いたくないのが一般の心情だが、七十歳を分岐点として堂々と正しい齢が言えるようになるのは、人生の風雪に耐えて今日まで生きてきたぞと自分にも他人にも誇示したい気持ちがあるからだとある本に書いてあった。

六十歳のときは、品川にある開東閣で約百人ほどの友人をお招きして還暦の祝宴を開いたが、そのときに比べ、古稀はいろいろな点で相違があることに気づく。

一番大きいのは、六十歳のときは招いた友人に感謝すると同時に、第二の人生も今まで以上にご交誼くださいと精一杯のお願いの気持ちを表していた。

一方、七十歳の誕生日のお祝いは家族だけでひっそりと銀座「和光」のレストランで行った。そして、オレはどのように死ぬのかなと考え、死ぬ前にどのように生きるか、老人ホームの実態や、お金にからむ成年後見制度、延命策はとるななどと話し合った。

六十歳のときは、死などということはまったく考えていなかった。『バカの壁』を書いた養老孟司東大名誉教授やアルフォンス・デーケン上智大名誉教授は、日本人は若いときから死について考えるべきだと主張されている。が、日本人には死というのは感覚的に最も忌み嫌うべきものだという考え方が強く、ホテルの部屋番号などでも「四」というナンバーを使わないのもその一つの表れである。

ところが、ふと気づくと新聞の記事で七十歳前後の死や病がやたらに目につくようになってきた。長嶋茂雄氏が脳梗塞で倒れ、仰木彬オリックス元監督や脚本家の久世光彦氏、亀井善之元農相の急死はすべて七十歳。そして大学の先輩で尊敬していた大平正芳元首相も在任中、七十歳で亡くなったことも思い出した。七十歳の死と聞くと、私の至近距離で爆弾が落ちた気がするのだ。

七十にしての悟り

ギリシャ語で「人間」とは「死すべきもの」という意味である。古代ギリシャ人は、人間が死すべきものと知ったうえで生きていたからこそ、人間は正しい行いをすべきだと考えていた。ローマ時代の哲学者セネカは「仕事に追われて生きることを止める土壇場になって生きることを始めるのでは、時既に遅しではないか」と警告している。一つひとつごもっともなことではあるが、そんなに簡単に、死を受け入れることができないのも人間の特徴であるといえなくもない。

例えば大平元首相の親友で賢人といわれた大来佐武郎氏（元外相）でさえ、その残した文章を読むと「間近かに大平さんの死を見たが、七十三歳になっている自分自身にはそうすぐ死が来ないような気がする」と書いてある。その頃私は、お元気な大来さんにお目にかかる機会があった。しかしその一年後くらいに、仕事で電話中に亡くなったというニュースを聞き飛び上がらんばかりに驚いた。このようなことが身の周りに起こると、そろそろ自分の人生の幕の降ろし方をまじめに考えなければならぬと思うようになってきた。

ただ、私は「死と生と対比的に捉えないで、死というものは人間のライフサイクルの一つであり生の中に死がある」と考えている。であるからこそ、死の問題は「生きる覚悟」「生きざまの問題」と捉えていて、毎日毎日丁寧に生きる形が大切だというのが私の死生観である。

式年遷宮参加も何かの縁

折りも折り、伊勢の日和神社の宮司で老人ホームの施設長を務める尊敬する友人から伊勢神宮の式年遷宮のためのお木曳《きびき》への参加の誘いがあった。実施日は二〇〇六年五月二十日。ちょっと躊躇したが、古稀の記念に思いきって家内と一緒に参加することにした。二十年に一度、神殿の新造のために一日神領民となって数千人の町民ボランティアとともにご用材を外宮《げぐう》まで一日かかって引っ張るのだ。

途中で木遣音頭《きやり》が美しく響き、一千三百年も続く歴史が古都にゆったりと流れていた。参加者は一体となって、神々のおかげで生かされていることを実感しつつ感謝の念が心の底から湧き上がってくる。外宮の池にご用材を投げ入れてお木曳は終了するが、汗まみれの参加者全員で万歳を叫ぶときは一同の目に光るものがあった。生きるということは誰かのために尽くすこと、そして世話になった人々に「ありがとうございました」と言える死に方が一番いい死に方であることを知らされた一瞬であった。

古稀の年に、「よく生きることはよく死ぬということ」を確信できたのはまことに有難く幸せなことであった。

何事の　おはしますをば　知らねども　かたじけなさに　涙こぼるる　西行

45——人生の最期をターミナルケアで

難しいホームでのターミナルケア

老後の生き方については古来さまざまな人が考えを述べているが、ここでは老人ホームでの死と人生最後のケア（ターミナルケア）について思うところを記してみたい。

ターミナルケアとは、「医療的な処置を施しても治療の見込みのない人に対する生命最後の包括的ケア」と定義されている。つまり本人および家族が特養ホームで無理な延命処置は行わず死を迎えることを希望し、施設側もその希望に沿って終末のケアをすることである。

一見簡単に思えることだが、いろいろな問題があってこれを実践している老人ホームはきわめて少ない。家族については九〇％以上の人がターミナルケアを希望しているのが実状であるが、何故、特養ホーム側が実施したがらないのか。

その第一は、ターミナルケアに協力し死亡診断書を書いてくれる医師がなかなか見つからないことである。特養ホームは原則として医療行為をしないことになっているので、利用者の身体状態が心肺停止など最後に近づくと、できるだけ早く看護師が入院手続きをとるのがこの世界の常識のようになっている。万一、老人ホームで突然亡くなって死因がはっきりしない場合は警察医による検死があり、責任者が厳しく尋問される。家族への説明にも細かい配慮がいる。

死亡診断書がないと葬儀の準備もできず、困った状態になる。責任者はそれを恐れてなかなかターミナルケアに踏みきれないのだ。しかし利用者の立場になって考えてみると、死の直前になって突然慣れない環境（病院）に移され淋しい思いの中で人生の幕を閉じるのはどんなにつらいことか。

ターミナルケアに踏み切れぬ第二の理由は、老人ホームの責任者が職員の強い反対にあって決断できないこと。またそれを理由にして、責任者が明確にターミナルケアをするという方針を出さないことである。

トップとしては理念的には決断したいのだが、看護のリーダーが「看護の役目は病気を治すことで、ケアだけで死を看取った経験がないから不安だ」と言い、介護のリーダーにも「介護職員が死を看取ったことがないので心理的動揺にどう対処してよいか分からないから不安」と消極的な発言をされると、なかなか実施に踏みきれぬのが実情である。

ターミナルケアを実践できた

ところが二〇〇七（平成十九）年八月一日、等々力の家では初めてのケースとして、ターミナルケアによるMさん（九十歳）の生命の終焉（死）を看取ることができた。その理由は、なんのことはない、難問をねばり強く時間をかけて一つひとつひもといていったことである。

まず当施設の創始者であり「やさしい手」の会長の香取眞恵子氏が、事業方針として絶対にターミナルケアをやるべきだと当社のニュースレターの新年号に書き、その言葉に刺激されてわれわれも一致団結してヤロウということになった。ところが実際は、現場の反対は思ったより根強かった。そこでターミナルケア研究会を発足させ、他施設の成功例・失敗例、不安などをみんなで話し合った。

そして突破口になったのは、看護のリーダーと介護のリーダーを都内でターミナルケアを実施しているA特養に一緒に派遣したこと、そしてそこのしっかりした女性の施設長の具体例や注意事項を聞き、「あなたたちなら絶対できますよ」と激励されたことである。この日を境にこの二人のリーダーが目からうろこが落ちたかのようにめざましいリーダーシップを発揮しだしたと、当プロジェクトの推進者であるN副施設長が明言している。

生活支援課のTケアマネージャーも家族の了承を取りつけ、各部門に緊急態勢の連絡システムを徹底してくれた。さらに嬉しいことに、難問の医療問題も嘱託医師が快く協力の約束をしてくれて、本ケースに対しても実にスムーズに死亡診断手続きを終えることができた。

生前、介護職員のマナーに厳しかったMさんも今は薄化粧されベッドに横たわっている。その姿は清楚で美しく、ほとんどの職員が仕事の合間に焼香に来ていた。

一夜明けて家族も来られ何度も御礼を言われた。遺体が静かに等々力の家から運び出されるとき、私がかすれた声で「黙とう」と叫ぶとホールに並ぶ何十人の職員の目から涙がこぼれ落ちた。その涙には別れの淋しさと同時に、Mさんのやすらかな死に際して共に過ごし、全力をそのケアに尽くすことができた満足感があふれていると思った。

ターミナルケアへの挑戦で、職員も私もMさんから人間の死とこれからの老人ホームのあり方を学ばせていただいた気がする。

46

――死生観いろいろ⑴ 願はくは花の下にて春死ねるか？

最高齢とはいつの間に

久しぶりに、以前働いていた会社（三菱電機）のＯＢの会に出席してきた。六十歳を過ぎてからは会社のＯＢの会とか学校の同窓会にはなるべく行かず、新しい地域の集いに積極的に参加するようにしてきた。それにはそれなりの理由があるのだが、今回はたまには懐かしい元の職場の人々に会うのもいいかと出かけてみた。

会場に着くと、受付の人が私に会の冒頭に挨拶をしてほしいと言う。「なぜ私が？」と聞くと、私が一番の高齢者だからだという。

一瞬目まいがしそうであった。いつの間にそんなに年をとったのだろう。そろそろ「死に支度」をする年になったなという思いがよぎった。落ちついて名簿をゆっくりと眺めると、私より長寿の先輩の名を見つけ（当日欠席）、ちょっとほっとし、私より若い人の死亡を知ると、爆弾が至近距離に落ちたような気分になった。

ちょうど、その日の午前中に話題の『おくりびと』（アカデミー外国映画賞受賞）を見たあとだけに、なおさら死に支度とか死生観について考えさせられたのかもしれない。日本人は死を感覚的に最も忌み嫌い、高齢になっても死に関する話は避けようとする傾向がある。ときには、高齢者たちが「ＰＰＫ（ピンピンコロリ）で死にたいなぁ」などと言って大笑いをしているが、自分はまだまだと思っているし第一そんなにカッコよく死ねるものではない。

西行と新藤兼人――カッコいい死に方を考える

カッコよく死んだ人といえば、西行法師を思い出す。

願はくは　花の下にて　春死なむ　そのきさらぎの　望月《もちづき》のころ

西行は自分の愛した桜の花の下で、釈尊《しゃくそん》と同じ日に死にたいと生前にこの歌を公表し、予告通りにその日に他界したので当時の歌人たちは度肝を抜かれたと伝えられている（享年七十三）。「偶然だよ」とせせら笑う人もいるが、今ではさすが西行法師だということになっている。

最近百歳で亡くなったが最後まで現役だった映画監督、新藤兼人の死生観を紹介してみよう。彼には親しい友人で七十三歳で死んだ名優宇野重吉の死への問い方を例に引きながら自身の死生観を記したものがある。

一九八八（昭和六十三）年に亡くなった宇野重吉は、二度のガンの手術ののち死期を悟ってから宇野重吉一座を組んで旅に出たという。

人は死ぬと知ったとき、立ちすくんで何もできないか、人間として最後の行動に出るかの二通りがあり、宇野の場合は後者である。「芝居を本当に喜んでくれる人たちに会いたい」という言葉を新藤兼人は直接宇野から聞いている。

最後の撮影に行ったときのことを新藤は次のように記している。

「重ちゃんに会ってがくぜんとした。目はおちくぼみ、腕は骨に皮がついているだけだった。取材を諦めようとしたが、彼はかまわないカメラをまわしてくれ、話しておきたいことがあると言った。彼は死を覚悟していたからまたの日といわないということがこちらにも伝わってきた。一時間ばかり仕事をし、『これから沖縄にいく。病院のベッドにいたってトラックの中で寝ていたって同じだ。外の景色を見ていると生きかえった気持になる』と。新藤はその言葉を聞いてこれが宇野重吉の遺言状であり役者というものが羨ましく思った、生命が尽きるまで演じられたらさぞ仕合せだろうな。」

ある人は彼の行動を人騒がせをしないで静かに寝ていたらと批判したが、宇野はドラマの原点はリアリズムにあるという姿勢を死に際まで体で主張したかったのだ。

新藤は二十数年前にこの文章を書いたが、死の直前まで老骨にむち打って映画を撮り続けた彼の姿には宇野重吉の生き方、死に方が重なっているように見える。人間はいかに生きるかいかに死ぬかではなく、いかに死ぬためにいかに生きるかが問われているのかもしれない。

死に支度は生きる形

次に、樋口広太郎の死生観をご紹介したい。

彼は住友銀行からアサヒビールの社長に転じ、キリンビールを抜いて一時トップになりアサヒビールの再生に大活躍をしたことで有名な人物である。私も一度会ったことがあるが、小柄で気さくで実に明るい人物であった。

彼は「企業トップの明るい死生観」というエッセイを残している。

樋口は、「人間はどうせ死は避けられないものだからこそ充実した人生を送りたい。我が実業人の場合世の中の動きをよくみて社会に対して有意義な仕事をなしとげることが最高の幸福であり実業人の死に支度である。死に支度は人生に対する構えといった観念論ではなく毎日毎日の生きる形にある」と明言している。

人生には二つの生き方がある。一つは「とにかくこの世を楽しもう。未来は神まかせ、つまらんいいがかりは無視する」というゲーテの楽天的人生観。もう一つはカントの「苦しんだ行為のみ善。愛を保証するものは犠牲である」という厭世的人生観である。樋口は明るい楽天的死生観を選択し、大切なのは「死の問題とは生きる覚悟、生き様の問題である」と強く提言している。

そして彼の銀行時代の友人の死について、樋口は次のように書いている。その友人は新宿支店長で仕事もよくでき人間関係にも立派だったが、何よりも偉かったのは死ぬ二カ月前にもうダメだと気がついたときに周囲に感謝し、みんなに「ありがとう」と言って死んでいったことである。こういう死に方が一番いい死に方であると思う、と。

以上、読者が自身の死生観について考えるとき、何らかの参考になれば幸いである。

47——死生観いろいろ⑵　秋山ちえ子のワガママ

「七十三歳」の偶然

まず、読者の皆さんに次の質問をしてみたい。

——次の人物の共通点はなんですか。

孔子、西行法師、伊能忠敬、宇野重吉、遠藤周作、筑紫哲也………

答は全員七十三歳で他界していることである。これを知ったとき、一瞬ぎょっとした。

私も七十三歳（二〇〇九年）。死なんかまだまだ遠い先のことと漠然と考えていたが、ふと振り返ると二人の義弟はもういない。死に支度というか死としっかり向き合ってもおかしくない年歳《とし》になっているのだ。しかし死と向き合うといっても経験がないから、どうしてよいかまったく分からない。

「われわれは生きている間は死はこない。死がくるときにはわれわれはもはや生きていない」とエピクテトス（ギリシャの哲人）は言っている。だからいい加減に生きていくほかない、なるようにしかならないと考えている人も多いと思う。

一方、「神から与えられたこの人生を、神の栄光のために使い何が価値あるかを考えて生きるべき」（長谷川周重元住友化学社長）、「今をどう生きるか、それは一瞬一瞬、最高の価値ある生き方に励む。善行を励むしかない」（高田好胤元薬師寺住職）と主張する人もいる。

また、「死は怖くないが、死より老い、ぼけ、病気が怖い。この難関をうまくくぐり抜け、なんとか死のゴールに到達したいのが私の切なる希望だ」（菊村到・作家）という人もいる。

死の迎え方、その覚悟

「死は生の最後のドラマ、人生はドラマである。ドラマには必ず終幕がある。終幕もドラマのうちであるように、生と死は別ものではない。充実した舞台を演じたのち、悔いの残らない終幕を迎えることこそ最高のしあわせというものだろう。」（笹沢佐保、作

家）

笹沢の言う「悔いの残らぬ生き方」とはどんなものか、私にはよく分からない。人々の死生観はさまざまである。古典を紐解いて西行の時代にはどんな生き方をしたかを見てみたい。

西行（一一一八～一一九〇）の時代。俗世間といわれたこの世（此岸《しがん》）からあの世（彼岸《ひがん》）に行くまでに乱世に生きる知恵として、遁世《とんせ》というもう一つの世に生きる生き方があった。仏教では一般人の通常の生き方を俗世とし、死後の世界を浄土とみなし、死を迎える以前から俗世から遠ざかった生活をするのが好ましいという考え方であった。出家し世捨人になるのである。遁世を身をもって示した人を「聖《ひじり》」と呼んでいた。

一方、出家したものの仏教の修行に向かうのではなく自分の理想を実現するための方便として遁世を選ぶ人もいた。それが和歌を通して仏につかえた西行であり、「徒然草」の兼好であり「方丈記」の鴨長明である。現代では青空説法にいそしむ瀬戸内寂聴もこの部類に属していると私は思う。

この人々は、妻子も捨て財産も捨てたにせよ出家後もたくさんの現世を引きずっていた。西行の「世の中を　捨てて捨てえぬ心地して　都離れぬ我が身なりけり」、この歌には世を捨てたけれど、完全に捨てきれぬ人情がよく出ていると思う。「吉野山　こずゑの花を　見

し日より　心は身にも　そはずなりにき」、この歌は桜の花が大好きな西行の心は身体から離れて浮遊したという考え方を出している。人間は魂と身体とが合わさってできているという人間二元論である。

カソリック信者であった作家の芹沢光治良も次のようなことを書いている。「人間は神が身体を貸しその中に分霊を授ける。肉体が用をなさなくなった時分霊は人間の魂を案内して昇天する。肉体は土になるが、それを人間は死と呼ぶ。しかし魂は神のふところに戻り、俗世で受けたほこりや罪を洗いきよめ又世に送るかしばし神の世界で修行させるかは神が決める。つまり人間の魂はずっと生きつづけるのだから人間の死はない」と。だから二元論を信じる西行も芹沢も死を怖れていなかったといえる。

大きなワガママ、自分の死は自分で決める

われわれ凡人にとっては死が怖いとか怖くないとかということよりも大切なことは、「生きる覚悟と死を迎えるまでの生き様」である。その礎になるものをもっと知りたいと思っていた矢先、秋山ちえ子さん（評論家）の書いた「大きなワガママ小さなワガママ」という自

身の死生観について書いた文章に出会って感銘したので、要点のみ紹介したい。

秋山さんには十年ほど前、直接お目にかかったことがある。どこか若尾文子さんのような愛らしい魅力的な雰囲気が漂っていた。お茶の水女子大を卒業した秋山さんの死生観は難しくなく、はっきりしていて分かりやすい。

秋山さんは、まず「小さなワガママ」として次のように述べている。
・残り少ない日々を毎日感謝して小さな楽しみと喜びを噛みしめつつ生きていく。
・山から谷へ少しずつ自分でおりていく。自ら選んだ道をプライドが傷つけられぬために自分からおりていく。いい気持ちで消えていきたい。
・不愉快と感じる依頼はすべてことわる。尊大だと思われても気にしない。
・人とのつきあいも「せっせと会いたい人」「ときどきでいい人」「会いたくない人」と印をつけてつきあう。
・子どもとも距離をおく。寂しさを救ってくれるのは他人とのほどよいつきあいである。
盛岡市でやっている障害者のためのいきいき牧場での村長としてのボランティアは最高に楽しい。

「大きなワガママ」は二つ。その一は、癌になったらはっきり告げてくれと医師に命令したい。その二は、延命措置は誰がなんと言おうとしないと今から弁護士を通して契約しておきたい。自分の死は自分が責任をもって決めたい。

私もまったく同じ考えだ。秋山ちえ子さんは二〇一六（平成二十八）年四月に九十九歳でお亡くなりになった。ご冥福をお祈りする。

48

——人間、啄木を実感す——生への哀感とともに

賢治より啄木にひかれるわたし
どうかかうか、今月も無事《ぶじ》に暮らしたりと、
外《ほか》に欲もなき
晦日《みそか》の晩かな。

何となく、
今年はよい事あるごとし。
元日の朝、晴れて風無し。

まず、啄木の秀歌を二種冒頭に掲げた。現在の日本は長引く大不況から抜け出せず、閉塞感が蔓延している。しかし終戦後の窮状を乗り切ってきた七十歳以上の人たちにとっては、なんのこれしきと思い、こういうときこそ脚下照顧、足元を見つめ、耐えてこつこつ生き、ときには啄木のうたでも口ずさむ余裕を持ってはと言いたいところである。

かつて盛岡に単身住んでいたとき、あちこち、うろうろと歩きまわったが、どこへ行っても啄木の歌碑に出会った。「何となく……」のうたは岩手県立大学の校門近くの石碑に刻まれていた。

当時（一九九九年）の岩手県立大学学長の西澤潤一氏（二〇一八年逝去）にお目にかかったとき唐突に「先生は啄木と宮沢賢治、どちらがお好きですか」とお聞きしたところ、「両方とも岩手県出身の天才だが私は賢治が好きだ」と即座に答えられた。文化勲章を受章した半導体研究の科学者としては、当然、農業研究に身を挺した賢治が好きだということはうなずけるが、私は天才でありながら不運のまま、二十六歳二カ月の短い人生を閉じた啄木に強くひかれる。私が中学生の頃読んだ啄木歌集を、七十歳過ぎてもう一度読み返すと、また別の味わいがあり胸を打たれる歌が多い。

筆者選、啄木秀歌

そこでまことに子供じみているが、選者の気持ちになって渡辺一雄選としてベスト四十首を選んでみた。これも伯父「月甫」が青虹社という全国組織の歌壇を主宰し、両親もその一員であったことが少し影響しているのかもしれない。その四十首を東京都の高齢者福祉センターで紹介したところ、参加者も昔を思い出し、わかりやすい、美しい日本語の啄木のうたを楽しそうに大声で朗詠してくれた。このシニアたちに人気のあった数首をここで紹介し、少し解説してみたい。

万人に共通するこころ

まず冒頭の二首めはまことに正月にふさわしい。読者の皆さんももう一度声を出して詠んでみませんか。

何となく、
今年はよい事あるごとし。
元日の朝、晴れて風無し。

啄木はよく手紙を書く人で、年賀状も九十枚ほど出していたという。自作のうたをいつも添書きしていたようで、この歌もきっと書かれたことと思う。当時、葉書は一銭五厘で郵便局は明治四年に開設されている。

彼が友人宮崎道郎に出した年賀状が残っていて一八九六（明治二十九）年、「謹而賀新年／併而平素謝陳情」と書かれている。このとき、啄木は十歳で盛岡高等小学校の一年生。少しでも難しい文章を書こうとして背のびしているところが微笑ましい。

この「なんとなく……」の和歌をつくった一年後に彼は死亡するのであるが、病床にあっても元日は威儀を正し身を潔め、幸多かれと祈る心は万人に共通するものであるところから、今日でも愛唱される歌になっている。

生活苦の実感

はたらけど
はたらけど猶《なほ》わが生活《くらし》楽にならざり
ぢっと手を見る

苦しい生活が続き、金田一京助に金を借りて何度も苦難を乗り切っていた。金田一の長男が啄木のことを「石川五右衛門の親戚か」とまじめに父に聞いたという笑い話が残っている。
この歌はある新聞のアンケートでは、現代のサラリーマンの好むうたのナンバーワンにランクされている。

家族への愛

友がみなわれよりえらく見ゆる日よ
花を買ひ来《き》て
妻《つま》としたしむ

昔、神童といわれた啄木だったが友人たちが自分を追い越し活躍している。自分はやっと見つけた代用教員もクビになり無職。そばにいて啄木を頼りにしている妻に恥ずかしさとすまなさで胸が一杯になり、せめて純粋に咲いている花を買って妻と打ち解けようとする啄木の気持ちはとくに男性の心をしめつける。

たはむれに母を背負《せお》ひて
そのあまり軽《かろ》きに泣きて
三歩あゆまず

両親の溺愛の中で育った啄木はわがままな子として成長した。親の期待に沿えず心苦しく思っていた。たわむれに母を背負った瞬間の心を「三歩あゆまず」という見事な表現で、やせおとろえた母に「すまない」という気持ちを表している。三歩どころか一歩も歩けないほど、母に対する切実な思いがこめられている。

生前、母に充分孝行できなかったおじさん族の心を強く打つものがある。以前大ヒットした杉本真人が歌う「吾亦紅《われもこう》」に通ずるものがある。

49 ——言葉貧しく、もどかしく

弔辞は難しい

炎暑の夏が過ぎて秋風が吹き出す頃は、訃報が入ってくる時期である。

老人ホームの施設長をしていたときには、九十歳代の利用者の死に出会うことが多かった。この死は悲しいというよりも、淋しいという感覚にとらわれる。ときには家族の方に「施設長さん、これでホッとしました。母は大往生でした」と明るい顔を見せられて、「それは良かったですね」とも言えず挨拶の仕方に困ったこともあるが、高齢者の死は一般に淡々としたものがある。

しかし、私の同級生や親しい友人、年下の親戚などの死に接すると、悲しさが身に沁みる。

とくに同級生は同じ齢《とし》であるだけに、遠くにあった死がすぐそばに近寄ってきた気がするのだ。

早稲田大学の創立者、大隈重信は、人生百二十五歳説を唱え大隈講堂の時計台の高さを百二十五尺（約三十八メートル）にしたが、彼も八十四歳で亡くなった。やはり人間には寿命があるのだということ、それだけにこれからの人生の一瞬一瞬を大切に生きていくことの重要性を思い知った。

ふと、芭蕉が一笑という友人の死に送った「塚も動け　我が泣く声は　秋の風」という名句を思い出した。他界した友人たちには弔電、弔辞、弔文を送ることになるが、なかなか芭蕉のようには思いをずばりと表すことができず、もどかしい。

嬉しかった思い出とともに送る

二〇〇六（平成十八）年に急死した親友K氏（享年六十六、元読売新聞編集委員）のときには読売新聞社のI氏から弔文を頼まれて次のような文を書き上げたが、何度書き直しても何かもの足りない感が残った。弔文とは、そういうものかもしれない。

いいやつばかりが先にゆく――Kさんに感謝

「いいやつばかりが先にゆく／どうでもいいのが残される♪」という、小林旭が歌って大ヒットした演歌がある。この歌は私の大好きな作曲家の杉本真人氏が作った名曲だが、メロディーもさることながら、歌詞が素晴らしい。

Kさん死去の連絡を畏友《いゆう》京極高宣氏（元・日本社会事業大学学長、現・社会福祉法人浴風会理事長）から受けたその日の夜は、いきつけのスナックで、一人この歌を何度も歌った。「どうでもいいのが残される」というフレーズはとくに強調し、なかばやけくそになって歌った。「いいやつばかりが先にゆく」のところは、Kさんの思い出を思い浮かべつつ涙流して歌った。

その思い出は楽しく、かつ有り難いものばかりであった。

とくに嬉しかった思い出は、私が十二年ほど前に「東大附属病院にこにこボランティア」を創設し、その関係から東大の研修医に「病院ボランティアとフィランスロピー」の講義をしたときのことである。私ごときものが東大で講義をするのは冷汗ものであったが、腹をくくって約二百人の学生の前に立った。

おずおずと壇上で顔を上げるとなんと一番前の左隅にKさんが座っていて、あの素敵な笑顔を私に向けているではないか。何にも連絡していないのに、どうして、と驚く私にちょっと手を振って、まあ落ちついてやれよというしぐさをしたような気がした。よく来てくれたという感謝の気持ちと二百人の中でただ一人の味方がいるという安心感で精一杯頑張り、大役を無事終えたときは彼の姿がもう見えなかった。

翌日会社（当時三菱電機本社）に行くと、何人かの社員たちが新聞を見たよと私に言い、また朝っぱらから私宛てに電話がじゃんじゃんかかってきている。原因はすべて読売新聞の朝刊だった。

朝刊の名物コラム「読売編集手帳」に、企業戦士だった男がアメリカでボランティアに目覚める事件があって「東大附属病院ににこにこボランティア」を創設し、エリートの医者の卵にフィランスロピーを講義するまでになったくだりが見事に表現されていた。

Kさんはその後何も言わなかったが、あの名文は間違いなく、Kさんの筆致である。今も深く感謝している。

その後ゴルフやワインの仲間に入れていただき、岡山の川崎医療福祉大学で共に講義を持つことにもなった。Kさん亡きあと、ある日私の所属する熱海ゴルフ倶楽部へ一人で行くと、フロントが「もう一人の方がいるのでご一緒にどうぞ」という。なんと読売新聞社社長（当時）の滝鼻卓雄さんが立っておられる。滝鼻さんはKさんと慶應大の同級生で新聞研究会に一緒に入っていたことを後で知った。

初対面だったが、Kさんの話が接点となり意気投合。その日一日のゴルフはKさんの思い出話をお互いにしあい、スコアなんかはめちゃくちゃだったが、しみじみかつほのぼのとした、忘れられないゴルフとなった。これも間違いなく思いやり深いKさんのお引き合わせと思っている。

弔文の　言葉貧しく　秋時雨　　一雄

笑いのフィランスロピー

50 ――ジョークのジョーズ（上手）な使い方

ユーモアとジョークの境界線は？

「ユーモア」ということばは一九〇一（明治三十四）年に坪内逍遥が初めて使ったといわれているが、英語の"humour"から来たもののようだ。「ユーモア」とは『大辞林』によると、「思わず微笑させられる上品で機知に富んだ洒落」と説明されている。

ただ、ユーモアを理解するにはことばの教養がいるという（外山滋比古）。正直すぎる人、野暮な人、遊びやふざけが嫌いな人には冗談が通じない。逆にいえば、教養があって心にゆとりのある人はユーモアを持って笑いつつ人生を楽しむことができるということだ。ユーモアで話をする人も聞いて楽しむ人も、人生の達人といえそうだ。

例えば、「秋深き　隣は何を　する人ぞ」（芭蕉）という句を知っていることを前提として、「小便とは何だ」と裏をかかれたことに腹を立てずむしろその意外さを面白いと思うと同時に、「何をする人ぞ」に答える形で「小便ながき人」を持ってきてパロディとしてのユーモアを味わうのである。

ユーモアとジョークは面白いという点で同じジャンルに入るが、ジョークの場合は上品とか教養とかいうことはいわず、ただ意外性で笑える話一般を指しているように思われる。スピーチ上手といわれる人、座談の名手、話が面白いといわれる人はどこへいっても人気者だが、その人たちはたくさんの「話の小銭」を持っている。その小銭をどれだけ持っているかが勝負である。

以下にとっておきのジョークをご紹介するので、気に入った話をあなたの小銭袋に入れて、折を見て使ってみられてはいかがかと思う。

ジョーク1

人気落語家の柳家小せんのおかみさんが、湯上がりに新調の浴衣を着て「ねーねー女らしいでしょ……」と小せんに声をかけた。テレビで野球を見ていた小せん、「女らしいでしょ」

というところを「おならしていいでしょ」と聞き間違えて、「してもいいけどあんまり臭いのはするなよ」。

ジョーク2

当時（二〇〇〇年）の森喜朗首相がアメリカのクリントン大統領と首脳会談をすることになったときの話。秘書官にせめて最初の挨拶くらいは英語でやりましょうと言われ、挨拶の決まり文句を教わった。まず初めに"How are you?"と言う、するとクリントン大統領は"Fine thank you, and you?"（元気です。あなたは？）と言いますから、首相は"Me too."（私も元気です）と答えてください、と言ったら、森さんは「なんだ簡単なものじゃないか」と言ってアメリカへ飛んだ。

さて、いよいよクリントン大統領に会う段になり、少し緊張していたのか森首相、"How are you?"と言うべきところを"Who are you?"と言ってしまった。大統領は「あなたは誰だ？」と言われて一瞬びっくりしたが、ひょっとすると森首相はジョークを言っているんじゃないかと思い、"I'm Hilary's husband."（私はヒラリーの夫です）と返してみせた。すると森首相、かねて教わってきたとおりクリントン大統領に大声で、"Me too!"（私もそう）

と答えたのであった。

ジョーク3

朝、出勤前妻が夫に、「あなた顔色悪いわよ」「うん、気分がよくないんだ」「会社休んだら」「う〜ん」「休んだって誰も困らないわよ」「それはそうなんだが……、そのことがみんなにわかっちゃうのが困るんだ」。

ジョーク4

「ねえママ」「なあに」「何もやってない人を罰するのは間違いだと思わない？」「その通り、間違いですよ」「ぼく宿題やってないんだ」。

ジョーク5

「シュザンヌ、シュザンヌ」と寝言で女の名を呼び続ける亭主を揺り起こした妻、「ねえあなた！　シュザンヌって誰なの！」。亭主はさり気なく「あー昨日競馬で賭けた雌馬さ」。

翌日、会社から帰って来た亭主が「留守中、何か変わったことはなかったかい」と問うと、

「ええ別に。あ、そうそう、あなたの賭けた雌馬から電話がかかってきたわ」。

ジョーク6

豪華客船が沈没し、救命ボートも一杯で沈みそうだ。船長は、誰か海に飛び込んでくれぬかと国民性の違いを考えながら声をかけた。

イギリス人には「あなたは紳士ですね」と言えば飛び込む、ドイツ人には「船長の命令である」、アメリカ人には「生命保険をたくさんかけたよ」、命令をされるのが嫌いなイタリア人には「飛び込むな」、日本人にはそっと耳元で「みなさんが飛びこんでいますよ」。

以上のようなジョークを私は講演でときどき使うが、このジョークの使い方にはコツがある。そのコツを頭に入れて使っていただきたい。

1　さり気なく話すこと
2　話す前に「これから面白い話をするから」などと言わない
3　自分から先に笑わない

4　ストーリーは完全に頭の中に入れておく

5　他人に聞いてもらい、話を推敲して何度も練習すること

6　会話を入れること

7　具体的な名前を入れ、なるべく状況を具体的に

51
——うけるかどうかは相手次第、あなた次第

日本人のジョーク下手はどうしようもない？

笑いは難しい人間関係をスムーズにする潤滑油である。

アメリカで、アフターディナースピーチに日本人が登場すると外国人は胃薬をのみ始めるという話を聞いたことがあるが、これは日本人のスピーチは下手で、ユーモアやジョークがないからせっかく食べたものがこなれないという、アメリカのブラックジョークである。日本人は公式の場で笑いをとることは失礼なことだと思っているふしがあるからこそ、タモリの「笑っていいとも！」などという人気番組が生まれてくるのだろう。

アメリカには、次のようなジョークがある。

日本人は一つのジョークで三回も笑う。

①　ジョークを聞いたとき

②　ジョークのオチの意味を教えてもらったとき

③　家に帰ってオチの意味がわかったとき

問い　「日本人を月曜日に笑わせるにはどうすればよいか？」

答え　「金曜日」にジョークを言う。

日本人はジョークを理解せず笑わぬ国民と思われているようである。笑わせる技術は笑うことよりも難しい。せっかくスピーチでしゃべったジョークが全然ウケないときは、寒々とした雰囲気になってしまう。

ジョーク五題

ある落語家を夕食に誘って何か面白い話を教えてくれと頼んだところ、「とんでもない、こちらこそ聞きたい。私たちは必死になって何かお客にウケるネタはないかと探しているんです」と言われて驚いたことがある。

それからは私も、話力研究所で学んだり、東京落語会に入ったり、本を読んでひそかにネタを探してはスピーチで使っている。そのジョークが見事に決まって、会場がどっと笑いの渦になった日のスピーチは大体成功である。ここでは、その中で好評を博したとっておきのネタをこっそり読者の皆さんにお教えしよう。

ただし、ネタが面白くても相手にとって面白くなくては意味がない。面白さは、聴衆のユーモアの理解度、こちらの話の仕方によっても違ってくる。面白さの決定権は相手にあることを常に肝に銘じていただきたい。

ジョーク1

もしあなたのジョークで奥さんが笑ったとしたら、それはよっぽどよく出来たジョークか、よくできた奥さんに違いない。

ジョーク2

ある夫婦が久しぶりに二人で外食しようとするとき、女房が身支度に手間取るので夫が「いったいいつまで待たせるんだ」とどなるが、女房の準備は一向にはかどらない、そこで亭主は作戦を変え、「いいかげんにしろ」と大声でどなった後、……最後のひと言。

「それ以上きれいになってどうするんだ」

ジョーク3

何につけても金の世の中、亭主が奥さんに文句を言っている。

「おまえは私の顔を見るとふた言目には金、金と言う。年がら年中、金のことばかりだ」

「だってお金がいるんですもの」

「金、金、金って、もう我慢ができない。今度金のことを言ったら離婚するぞ」

「え？　で、そのときはいくらくれるの」

ジョーク4

あるお母さんが、子どもの授業参観日で学校へ行ってみたら、子どもの習字作品が張り出されている。小学校一年生の我が子の習字をやっと探し当てて書いたのを見ると、「ははたいせつ」と書いてあるではないか。上手な字ではなかったが、あの子はそんなに私のことを大切に思ってくれているのか、少しも知らなかった、と胸が一杯になり、あとの授業参観も上の空で家に帰っていった。

帰る途中、あの子の大好物のお菓子をどっさり買って子どもの帰りを待つ。ところがいつまでも帰ってこない、いつもなら腹が立つが、今日は違う。待ち遠しい。

そして帰ってきた子どもに、最大級のやさしいことばで「お帰りなさい、今日の習字は上手だったよ」とほめると子どもはきょとんとしているが、それがまた可愛くてたまらない。

一方子どもは、「歯は大切」と書いたのがどうしてこんなにお母さんが喜んでくれているのかわからない。

ジョーク5

「失恋したんだって?」

「うん」

「忘れられないのか。女なんていくらでもいるじゃないか」

「それはよくわかってるさ。でも、月に一度はどうしても思い出してしまうんだよ」

「見かけによらずロマンチストなんだな」

「いや、贈り物の月賦が残っているんだ」

52 社会人落語家、見習いの記

落語で暑気払い

近年は「猛暑日」（最高気温三十五度以上）などという新しい暑さの定義ができ、夏の暑さは昔の比ではないが、まずは小咄《こばなし》の「夕立や」で暑気払いの一席とうかがいたい。

「夕立や〜夕立ぃ〜」

「へんな商売が来るねぇ、夕立やか。こう暑くちゃしょうがないから、ひとつ頼んでみるか。おーい、夕立やさん」

「へい、お呼びになりまして」

「お前さん、夕立やって雨降らしてくれるのかい」

「へぇ、そうなんでございます」

「じゃ頼みたいけど、いくらだい」

「思し召しでけっこうでございます」

「そうかい、じゃあ三百文ほど頼むよ」

「へい、かしこまりました」、と言って夕立やは後ろを向きむにゃむにゃ何か呪文を唱える。

と、途端にザーッという夕立。

「ほう、大したもんだね。本当に雨が降って涼しくなりましたよ。お前さん、唯の人じゃないね」

「へぇ空の上に住んでいる竜でございます」

「やっぱり唯の人じゃないと思ったよ。じゃあ寒い冬は暖かくしてくれるかい」

「それが私じゃダメなんですよ」

「どうして?」

「冬は倅《せがれ》のコタツをよこします」

七十にして落語家修行

まずマクラに小咄を入れたのには少しわけがある。実を言うと、私は落語協会真打の三遊亭圓王師匠の率いる「三遊会」に入門している。圓王師匠は、昭和の名人として名高い六代目三遊亭圓生の最後の門下生で、明るく品の良い落語家である。

師匠はかつてＮＰＯ法人「シニア大楽」のユーモアスピーチの会の講師に招かれていたが、そのうち社会人落語家を育てようという社会奉仕の精神で「三遊会」を立ち上げた。二〇一〇（平成二十二）年が創設十周年に当たり、その記念大会がお江戸日本橋亭（東京都中央区）で開催された。先輩の社会人落語家数人が出演、素人臭はまだ抜けきれていないものの皆、堂々たるものであった。新米の私は入口で切符のもぎりなどをしていた。

一番の古株の三遊亭圓塾さん（元電機メーカー社員）は、羽織を着て舞台に出てくるとその姿、語り口は見事で一見本物の落語家に見える。

私自身は落語家になるというよりも、三遊会に入って落語の研究や話し方の練習を通して楽しい話、ユーモアのある話で周囲を明るくしたいというのが目的で、まさに七十の手習いである。入門のとき、「ワタナベは声が良い、落語は声で決まる」とプロの師匠に認められたのは本当に嬉しかった。もちろん声だけではダメで、練習、練習、猛練習が必要なことは当然である。

真打への道は遠い

「笑はせる　腕になるまで　泣く修業」

この句は爆笑王といわれた先代林家三平（一九八〇年没）が次男で二代目の三平に送ったものであるが、噺家になるまでのプロの修業は素人の想像以上であろう。落語に詳しい人は別として、初心者のために落語の基本の「き」をちょっと説明してみよう。

落語家の出世階段の第一歩は前座であるが、その前に「見習い」という期間がある。師匠の家に住み込むかあるいは毎日通い、掃除、カバン持ち、着物のたたみ方など落語家としての最低限の作法を習う。

見習い期間が二～三年で終わると晴れて「前座」になる。前座になると開口一番として高座に出ることもあり、鳴り物の演奏、メクリ（出演者のビラ）、お茶出し、座布団返し、師匠の着替えの手伝い、電話番、などをやりつつ次第に身も心も噺家《はなしか》になっていく。

前座のうちは登場人物の少ない短めの噺「子ほめ」とか「寿限無《じゅげむ》」などから習っていく。師匠の見本を見、師匠の目の前で演《や》って「やってもいいよ」とお墨付をもらって初めて高座《こうざ》に上ることができる。

前座の次は「二ツ目」に昇進する。二ツ目は相撲でいえば関取になったのと同じで、待遇が違ってくる。たいていの落語家は「真打になったときより嬉しい」と語っている。

まず前座の仕事から解放され羽織を着ることができる。自分だけの出囃子《でばやし》がもてる。名刺代わりの手拭いもつくることができる。反面、これからは自分で仕事を取ってこなければならない。関西（上方）ではかつてこの身分を「中座」といっていたという。

さて、抜擢された人は別として、一般には二ツ目を八〜十年経過すると「真打」になる。落語家の身分の最高位であり、寄席で最後に登場することが許される（関西にはない）。江戸時代の寄席で、最後の演者が高座の照明具であったローソクの芯《しん》を打ち消したことから「真打」と呼ばれることになったという。

真打に昇進すると、名前の入った手拭いと扇子、口上書の三点セットをつくり関係先へ挨拶回りをし、各寄席で披露興行を行い口上とトリを務める（トリとは最後の出演者のこと）。

真打になってしまうとその上はなく、その後の目標がなかなか持ちづらいようだ。

いつまでも日々修行

真打になってから二十五年も経つ柳家権太楼は、これからの目指すところとして次のように語っている。

「日々恥ずかしくないように生きているか、自分の心なり身体に問う。努力を怠っていないか落語の神様に対して常に正直にいようと思います。慢心した途端に、お客様からしっぺ返しがくる。一日一日きちんと過ごすことが目標で、その積み重ねが大切と思っています」

と。

人生の秋に生きているわれわれ高齢者は、この言葉を聞くと身の引きしまる思いがする。

人は練磨によりて仁となる　　道元

53——笑いを通して知る人生

まずは小咄三題

今回もマクラに落語の小咄を一席。「桃太郎」である。

「おじさん、落語を教えてあげようか」

「坊や、落語なんてできるの？」

「うん、昔々ね、お爺さんとお婆さんがいました」

「どっかで聞いた話だなあ……」

「……で、二人で川へ行って、一日中ザブザブ、ザブザブ洗濯していました。これでおしまい」

「……おしまいって……坊やね、落語ってのはオチがなくちゃいけないんだよ。これじゃあオチがないねぇ」

「うん、おちないから洗ってんの」

調子にのってもう一つ、「健康のため」。

「あなた、タバコは？」

「吸いません」

「お酒は」

「飲みません」

「遊びは？」

「しません」

「じゃあ何を楽しみに生きているの？」

「うそ、をつくこと」

悪ノリついでにもう一席、「美術館にて」。


「係の方！　この絵はルノワールですわね？」

「いえ、奥様、それはフェルメールです」

「あらそう、ではこれはモネでしょ」

「いえ、奥様、それはマネでございます」

「ふん、たいした違いじゃないじゃないの」

……

「あっ、これは私にも分かるわ。ピカソね！」

「いえ、奥様、それは鏡でございます」


これらの小咄はすべて、私の師匠で真打、三遊亭圓王から習ったものである。落語の修業はこのような簡単な小咄から入っていく。

まず師匠が手本を見せ、弟子が師匠の前で演ずる。一見易しそうな小咄だが、実際に人の前で演じてみると失敗ばかりで何度も師匠からダメが入る。聞くのは簡単だが演ずるのはこんなに難しいものかと身にしみて分かる。

小咄というのは落語のマクラや時間のないときの一席として語られるものだが、一カ所でも言い間違えると取返しのつかないことから普通の落語より難しいといわれている。だからしっかりと「せりふ」を覚えることから始めるのだが、トシのせいかなかなか覚えられない。しかし覚える努力が認知症予防になると思い、七十の手習いとして一生懸命やっている。

落語の基本の「き」は「上下（かみしも）」をきちんとつけることと教えられる。上下というのは歌舞伎の上手と下手からきていて、目上の人（例えば侍や隠居）には上手（高座からは左側）を向いて語りかけることになっている。桃太郎の小咄で子供は左をむいて話しかけ、おじさんは右を向いて「坊や落語なんてできるの」と問いかける形である。

頭を左右に振ることによって登場人物を演じ分けるわけである。せりふとしぐさをハーモニーさせることはなかなか難しく、プロの落語をその点に注目して聞くと実に味わい深く、日本の話芸の深さを知ることができる。

落語の発祥、そして亭号について

落語の原点は御伽衆《おとぎしゅう》（話の上手な人）の出現に始まる。豊臣秀吉は八百人の御伽衆を抱えており、その中で曽呂利新左衛門や安楽庵策伝（美濃の人）が有名。策伝は「醒睡笑《せいすいしょう》」（一六二三（元和九）年）という笑い話の本を出したことから落語の祖といわれている。

落語の芸名の姓に当たる部分を「亭号」という。三遊亭、春風亭、笑福亭、柳家、林家など現在四十ほどの亭号があるという。その中で三遊亭は、江戸時代の初代三遊亭円生から今日まで続く落語界の名門中の名門という誇りがある。

現在社会人落語家で三遊亭を名乗っているのは「円塾」、「王笑」、「良太郎」、「三久」、「流王」、「端王」、「熊王」、「王金持」、「花王」、「そこそこ」など数名であるが、それら先輩たちも師匠からその名を許されるまでには相当な努力をされたことと思う。私もいつかその日が来たら、「三遊亭えんやこら」とか、腹が出ているから「三遊亭布袋」、ナベさんだから「三遊亭おなべ」という名のどれかをいただきたいと思っていたが、あとに述べるように「三遊亭大王」などという大層な名前をもらってしまった。

落語とともに育つ

私が落語を好きになったのには父の影響がある。小学校四年の一九四五（昭和二十）年に東京大空襲で焼け出され、食べ物や住まいの窮乏生活の中で唯一の心の癒しがラジオから流れる落語であった。父はラジオの前に座り込み、子供にも一緒に聞かせて金馬がどうの志ん生がどうのと解説するのを楽しみにしていた。時には上野の鈴本演芸場、新宿末広亭、浅草の演芸ホームなどの寄席に連れていかれた。

今でも忘れないのは三遊亭歌笑で、「歌笑純情詩集」は抱腹絶倒の面白さだった。人気絶頂のとき、銀座のど真中で米兵のジープにはねられて死んだが、戦後の暗い日本人の心に灯をともし落語復興の先兵の役割を果たした。その後、「どうもすいません」の林家三平や、「山のアナアナ」やシルバー向けの「中沢家の人々」のヒットをとばした三遊亭歌奴（現圓歌）が出てきた。

柳亭痴楽も面白かった。破壊された顔で登場するだけで大爆笑。そして「痴楽つづり方教室」が始まる。「柳亭痴楽はいい男、鶴田浩二やプレスリー、あれよりずーっといい男」とスットン狂の声で切り出すと、オナカが痛いほど笑いころげた。昭和二十五・六年の頃の話である。古今亭志ん生も三遊亭円生も生きて戦場から帰国し、第一次落語ブームが起こった。日本は貧しい中にもささやかな幸せを味わっていた時代であった。

一九六六（昭和四十一）年からの長寿番組になっている「笑点」は必ず見ている。落語イコール「笑点」と勘違いしている人もいるくらいの人気番組で、落語普及に大いに貢献している。

「笑育」という考え方

関西大学の非常勤講師を務めた桂文珍は、「笑育」の大切さを語っている。

「日本人はまじめな人が多いのでもっとユーモアの分かる人を育てたい。食育ならぬ笑育をしたい。笑いを通して人間的に成長するのも大事なんです。経験値を高めていけば奥の深いジョークも分かるし落語の楽しさをより理解できるようになる。落語でゆったりと老後の心を癒されてほしいですね」と。

私も七十歳代になって落語の勉強を始めて、本当に良かったと思っている。皆さんもいかがですか。

54

——三遊亭大王となった日

「大王」で初めて落語を行う

はじめに一首。

海鳴りと　怒濤飛び散る　銭函の
　石狩鍋の　あた、かさかな　大王

この歌は、二〇一二（平成二十四）年一月、北海道は小樽市銭函《ぜにばこ》に招かれて、昼は講演「手応えのある人生の生き方」、夜は落語一席を演じたときの作である。「大王」は私の落語家名（芸名）。

銭函はかつて「にしん」で栄えた海岸の美しい漁場で、その当時の好景気から「銭函」の名が生まれ、駅には千両箱のような銭箱がどんと置かれていた。このときは零下七度という寒さと猛吹雪にもかかわらず、百人以上の人が町の公会堂に集まってくれて本当に嬉しかった。とくに講演の後、場所を変えて海岸に面した海鳴り響く絶景の料理屋で夕宴となり、名物石狩鍋を囲んで「オナベと落語の会」が開かれた。出しものは「雑俳」と「結婚式風景」。

私はマクラに「『噺家は　笑い上手に　助けられ』という川柳がありますが、笑ってくださった方は、私には神様仏様に見えます。三回以上笑ってくださった人には、お一人三万円差し上げたいという……気持ちで一杯です」と話したら皆、「俺は十回笑ったぞ」などと言いながら笑いころげていた。

二〇一一（平成二十三）年十月に三遊亭圓王師匠（真打）から三遊亭大王という名をいただいた。入門してから二年かかった。三遊亭という名門の亭号。しかも「大王」などという立派な名前をいただくのは有難いことだが、いささか緊張する。師匠も仲間もいい名だ、いい名だと言うが、私にはチト重たい。せいぜい三遊亭おなべなら気楽なのだが。大王は英語で「キング・オブ・ザ・グレート」だから、翌年の年賀状に「シロートが　クロート気取りで　グレートに」という川柳を書いて友人に送った。

これから私の噺のマクラは、「エー三遊亭大王でございます。大王にもピンからキリまでありまして、上は閻魔大王から下はつけ麺大王、最近では会社の金百億円をギャンブルに使った大王もいますよね。あれは大王製紙の会長で御曹子だったから制止（製紙）がきかなかったと思います」「私なんぞは買い物のお釣三百円でもしっかり家内に巻き上げられる情けない大王です。どうぞよろしく」とでも言おうかと思っている。

厳しい師匠についての修行の日々

ところで、私の師匠（三遊亭圓王）は人間国宝の三遊亭圓生の直弟子であり、落語界には珍しく名古屋大学の理工学部（地球物理学）の出身。十年ほど前に社会人落語家を育てようと三遊会を創立し、現在約三十人のメンバーがいる。

かつて師匠は、「私はこれからの高齢社会には笑いが必要で、その笑いで社会に貢献できる人を育てたい」と言っていた。まさに落語家のフィランスロピーである。私のライフワーク「フィランスロピー」（社会貢献）と一致しているので、ただちにこの人物が好きになり入門した。また、師匠は「私は落語界では指導が一番うまいと自負している」と明言しているのも立派だ。なかなかそこまで言えるものではない。

稽古《けいこ》は月に三回、師匠の前で噺をしコメントを受ける。兄弟子も厳しい目で見ているので、やりにくい。師匠は優しい口調だが、弱点をピシッと指摘されるので身にこたえる。

箸にも棒にもかからない下手なレベルには、「この人に何か言ってやってください」と他の弟子に問いかける。次のレベルは、「よく覚えたね」と言って重要な部分をやってみせる。その上のレベルの人には段々厳しくなり、「声が全然出てないよ」「早口で何を言っているか分からない」「語尾が聞こえない」「話が講談調で落語になっていない」「オチはさっと切り上げよ」「話が長すぎる、面白くない文章減らせ」「同じことばを何度も繰り返すな」。私は以上のコメントを何度も受けた。

この上の十年選手レベルの人には、さらに厳しい。「その話は無理だ、十年早い。「松山鏡」や「ちりとてちん」、「芝浜」はプロでも難しい。噺を変えなさい」「君は誰に教わったのか、そのくせを直しなさい。三遊亭門下ならば圓王方式を基本にしなさい」とはっきり言う。それでも俺は○○真打に直接教わったから変えられないと主張する弟子は、（噺は相当うまいが）ただちに破門されている。

落語の基本も世阿弥の言う「守」「破」「離」なのだ。まず、師匠の教える通りに徹底的にまねるべきなのだ。子供は素直に聞くが、高齢者はどうしても自分流を主張したくなる。

立川談志は『現代落語論』の中で、この点について明確に書いている。「自分流の話し方は八〇％キケンをはらんでいる。教わった通りに演じるという段階（守のレベル）を経てから、はじめて自分らしさを出すべきだ。また、師匠通りにやっていたら、師匠を超えることが出来ない。次のレベルは、自分らしさを出す演出力がなければ人を引きつける落語にならない（破離のレベル）」と。

大王デビューの日を迎えて

落語の基本は、①オチ（ストーリー）を覚える、②話術を磨く、③しぐさをつける、と師匠は言う。何よりもまず、原稿をきちんと頭に入れなければならないのだ。七十代のアタマには、これが苦しい。でも、七十の挑戦だ。

朝、また散歩しながら稽古をする。「オイハッチャンヤ！」と口ずさむと、近くにいる子供がヘンなオッチャンといって逃げていった。隅田川の土手のベンチで早朝、練習していると犬をつれた老姿が必ず来る。場所を変えると、その人もついて来る。気持ち悪くて逃げ出したこともある。

あるとき、勝鬨《かちどき》橋の交差点で私の前でライトバンが急停車した。若いお巡りさんが飛んで来て、「赤信号が見えませんか、何をブツブツ言って歩いているんですか。気をつけてくださいよ、ほとんど死んでいましたよ」と大きな声で叱られた。落語のケイコも命がけである。

そんなプロセスがあって、やっと私の出番が来た。二〇一一（平成二十三）年の十一月十二日、三遊亭大王襲名後の初の高座が、三越本店の近くにある「お江戸日本橋亭」で開催された。羽織は友人の贈りもの、中古だが有難かった。百二十人入る寄席の約半分は、私から前売券を買ってくれた人々である。

シロートがクロート気取りグレートに
日ごろの稽古の成果をチラリと見せます
社会人落語家　三遊亭　大王

緊張して高座に出たとたん、「大王ガンバレ」「ナベサンしっかり」というかけ声がかかった。すっかり上がってしまって、しどろもどろに落語を終えたら、「良くできました」のスットンキョウのかけ声があって会場は大爆笑の渦となった。私はいただいた花束を抱えて何度も頭を下げた。つくづく落語をやっていて良かった、もっと長生きするぞと心の中で叫んだ。

人生百年時代のバケットリスト

55

――私のバケットリスト――最後は「ありがとう」の言葉で

現実の幸せの延長としてのバケットリスト

新型コロナウイルス感染症が世界的なパンデミックになって、その出口がなかなか見えない今日、我々はこのトンネルの中でどのように生きていくか。特に人生の晩年を生きる高齢の人々は、どのような新しい日常を見つけるか苦しんで模索している。巷《ちまた》では「ウイズ・コロナ」「アフター・コロナ」などとも言われているが、どことなく実感に乏しい。

ニュートンは十七世紀の天才だが、ペスト流行の中、ケンブリッジ大学は閉鎖され、自宅で研究に没頭し、そこからあの万有引力の法則を見出したといわれる。これは天才だからできることで、私ごとき凡人は早く親しい友人と会って一杯飲みたいと思う日々である。それでもあの当たり前だった日々が実に有り難いことであったと気づかされ、しみじみ人生とは何かを考えさせられた。

「人生百年時代」といわれるが、長さは単なる結果で人生の目的ではない。最も大切なのは生きた年月（時間）ではなくいかに生きたかということ、その人が何を体験し、何を学び、何に感動したかということに尽きる。そして常に今を楽しむという精神が大切なのだ。私はこの時こそ自分自身のバケットリストを慎重につくり上げ、残り少ない人生の新しい生き方を求める旅路を味わいつつ生きていこうと思う。

このバケットリストが自分の寿命を受け入れ人生に感謝し、心の満足の中で生きていく自信になってきている。「バケットリスト」とは、人生の最期を迎えるまでにやりたいことを列挙するリストのことである。

二〇〇七（平成十九）年に、『THE BACKET LIST（バケットリスト）』というアメリカ映画（ロブ・ライナー監督、ジャック・ニコルソンとモーガン・フリーマン主演）が『最高の人生の見つけ方』という邦題で日本でも公開された。二〇一九（令和元）年には、日本版の『最高の人生の見つけ方』（犬童一心監督、吉永小百合・天海祐希主演）が上映されたが、アメリカ版の焼き直しではなくストーリーは異なっており、女性のバケットリストと男性のバケットリストの違いが印象的であった。

しかしいずれも映画の話なので、きわめてドラマティックである。一方、ふつうの人、とくに一般の女性のバケットリストはもっと日常的なものであり、これが「女性の幸せ」であると理解できる。

ここに、ある主婦（当時七十七歳）の実例がある。この女性は癌で永く入院していたが、余命わずかと知り、一週間だけ家に帰りたいと、担当医師に強く願った。そして一週間で次の七項目をしたいと何度も語った。

一、大切なものを片づけたい。トイレとお風呂を洗いたい。
二、夫の好きなナス炒め、シチュー、餃子を作りたい。作り方を教えてあげたい。
三、思い出のあるわずかな宝石を眺めて、誰にあげるか考えたい。
四、とくに親しい友人や妹たちと会ってお茶を飲みつつお話をしたい。お礼も言いたい。
五、アメリカにいる娘と孫にマフラーを贈りたい。
六、熱海の温泉に入りたい。
七、大好きな曲を聴きつつ夫と二人だけの時間を過ごしたい。

彼女は退院して、このすべてを生きている間に実行することはできなかったが、リストを一つひとつたどりながら、自分の人生を満足し、納得して他界したと思われる。「主婦のバケットリスト」は映画とはまったく違う、現実の幸せの延長なのである。

読者の皆さまにも、ご自身のバケットリストをお作りになることをぜひお勧めしたい。

人生の最終章における十の心得

静岡県伊東市にある健康増進施設「ヒポクラティック・サナトリウム（断食道場）」でお昼に人参ジュースを飲んでいると、突然テレビで「野村克也氏急死・八十四歳」というニュースが流れた。あまりの驚きに息をのんだ。実は私も八十四歳。彼と同学年であり、妻に先立たれた男やもめ（寡夫）であることも同じ。その上彼は人間的に魅力的な男なのでいつもその言動に注目していただけに、驚きも一入《ひとしお》であった。

「長嶋茂雄　野村克也　桂歌丸　アラン・ドロン　渡邊一雄（三遊亭大王）の共通点は何ですか」と私の落語のマクラに使うことがある。答えは「同学年」。この中で歌丸氏と野村氏は亡くなり、長嶋氏の現状を見るにつけ、「明日は我が身」と、その日がしのび寄っているることを実感し身震いする。「人生百年の時代」と言うけれど、八十歳を過ぎたら「自分に残された時間」はあとわずかということを身に沁みて知らされ、慄然《りつぜん》とした。

そこで、人生の最終章をどう生きるか。

「よく死ぬことはよく生きること」と言ったソクラテスや故日野原重明先生の言葉を思い浮かべ、真剣に自分自身のバケットリストを書き記してみた。それは次の十項目（「心得」と言ってもいいだろう）である。

一、健康努力は断食から
二、良き習慣を続ける
三、行動の原点は「為己為人＝利他行為」
四、フィランスロピー活動はライフワーク
五、素晴らしい人との出会いの幸運を噛みしめ、感謝して交わる
六、趣味を深めボランティア化する
七、人生の最終章で必ずやっておきたいことを記しておく

八、身体が動けない状態になったときの対応を考えておく（成年後見制度の利用も考慮する）
九、ユーモアの本を上梓したい
十、人生に納得感をもって感謝し、最後は「ありがとう」の言葉でこの世を去りたい

以上の十項目は、八十四歳の誕生日である二〇二〇（令和二）年二月二十九日（一九三六〈昭和十一〉年二月二十九日生）に熟考して記述したものである。以下において一つひとつ具体的に説明していきたい（これらは七十代のときには思いもつかなかったことばかりである）。

一、健康努力は断食から

私は石原結實医学博士の断食基本食事療法を信じ、三十年前から実行している。しかし実際には、断食道場に行って五キロ痩せるが、出てきてからリバウンドし七キロ太るという不真面目な生活を送ってきた。だが八十四歳になってますますこの方式の重要さを知り、真剣に取り組むことにした。先生は日本人のたいていの病気は過食から発生すると断言している。そこで今年から一日一食に切り替えて実行したら、体調はきわめてよい。ロシアのプーチン大統領、芸人のビートたけし氏、作曲家の三枝成彰氏もこの方式を実行しているようだ。

まず、朝はミルク、人参かリンゴジュースもしくは生姜紅茶、みそ汁（具はねぎ、ほうれん草、わかめなど）一、二杯、昼はとろろそば、夜はみそ汁と納豆、煮物または野菜サラダ。居酒屋にいくときは、そこでのつまみとして刺身か野菜中心の料理。講演などで外食のことも多いが、宴会の料理はおいしく頂いて、その場合は他の食事を減らす。とくに朝は炭水化物を摂らないことが重要。週に一回はファストフードのステーキ店で肉を食べる。

食べることは大きな趣味であるので、おいしいところを探し友人を誘って食べ歩く。「食べ友」は大切である。以前は出されたものはすべて平らげていたが、今は腹が満たされたらすぐにストップする。

酒は一日に焼酎二、三杯で充分である。空腹を感じたら黒糖もしくはチョコレートを少し食べる。

八十歳を過ぎたらこの食事内容で問題ないと石原先生のお墨付きであるので、これを続けたい（ただし、現実に実行できるのは七十パーセントくらいになる。また、体重は毎日測る）。

二、良き習慣を続ける

樋口恵子東京家政大学名誉教授の言うヨタヘロ期（健康寿命と平均寿命の間の時期のこと。

「ヨタヨタヘロヘロ」しながら生きている年齢）になると、体力の衰え、後ろ向き、短気、身体中の痛みなどが共通して現れ、それが人間関係を悪くし、ますます不愉快な日々を過ごすことが多い。そこで、そのような状態になったことを嘆かず、老いのプロセスと諦観して、少しでも明るく楽しく暮らす努力が必要となる。それには体力の衰えを少しでも遅らせるために、

①　毎日歩く（三千歩から五千歩、逆向きに歩いたりもする）——女の人は買い物などで高齢者でも結構歩いているが、男は一般に出歩かない。健康法にはいろいろなものがあるが、その中で最も効果的かつ手軽で安価な運動は歩くことであり、きわめて大切である（ただし、無理してたくさん歩く必要はない）。私は週三回程度、隅田川のほとりを五千歩ほど歩いている。独りゴルフもする。

②　「ナベ体操」——これはいろいろな専門家からアドバイスを受けたり本を読み、自分自身の身体にあった体操を自分でつくり上げたもので、必ず一日一回は実行している。ここで一つひとつについてくわしく説明することはできないが、足、手、目、耳、顔、尻の穴、喉（声）、腰、首（肩）、呼吸（ディープブレス）の十項目の体操を続けている。とくに難聴を防ぐための耳の体操、声の衰えを防ぐ喉の体操、スクワットは注意して実行している。

③　祈りと瞑想——これにより精神を安定させることで、気持ちが穏やかになり、行動の原点となる。祈りは「今日生かされていることへの感謝」を捧げるとともに、「人を喜ばせる行動をとらせてください」と願う。先祖を思い浮かべ、同時に“something great”の存在に手を合わせる。

④　常に前向きの姿勢を保つ——人生のどん底に落とされても、もっと悪い状態でなくてよかった、せめてこの程度ですんでよかったと思って立ち直る姿勢。世の中で成功し幸せな人は、みなこの「復元力」「立ち直る力」を持っている。

⑤　寛容の態度——現役時代優秀で高い地位にいた人ほど、他人に厳しい。人生の晩年は、自分に厳しく他人に優しい人でありたい。人に注意するときには、意識してクッション言葉（たとえば、「これをしてくれ」ではなく「ご面倒ですがこれをしてもらえませんか」という表現）を使うようにする。

⑥　高齢者でいちばん大切なのは品格——教養を深め人格を磨く。教養とは幅広い知識、精神の修養、心の豊かさであり、教養のある人は品格がありまわりから大切にされる。それだけ幸せな日常を送ることができる。

⑦　常に笑顔を保つ——最近ある研究で、「形から入るのは実に効果的で、笑顔をつくれ

ば脳がよい状態だと錯覚する」という事実が判明したことを知り、このことを日々心がけている。「笑顔ヨガ」などというものもある。一流の人物はみな笑顔が素晴らしい。故日野原重明先生も毎日笑顔をつくって外出すると言っておられた。また、有名なデール・カーネギー（アメリカの心理学者）も、「スマイル、スマイル、スマイル、どんな嫌な相手でも常に笑顔で応接せよ。笑顔こそ幸福のメッセンジャーだ」と説いている。日本でも「笑門来福」と言うが、「笑いは世界のパスポート」、「自分が笑い相手を笑わせる」を習慣化したい。

三、行動の原点は「為己為人《ワイケイワイヤン》＝利他行為」

かつて私は企業戦士であり自己中心的な行動が多かったが、フィランスロピーの精神を現地の少年野球大会でアメリカ国歌を歌うことにより学んだ（七十六頁参照）。人が喜ぶ姿を見て自分が喜ぶ「為己為人」の精神である。

石原結實著『「感謝」と「利他」の心が人生を幸せにする』（ビジネス社）によれば、「人間の身体の中で臓器細胞はすべて体全体の働きを統合するために存在し、自分自身のために生きてはいない。手足は手足のために働くのではなく、体全体のために働いている。すべての細胞も体のために活動している。つまり人間の身体は利他（助け合い）を基本に成り立っている。神（造物主）がそのように人間を造っているのではないか」ということだ。

利他行為として人に親切にするとオキシトシンというホルモンが出て、その効果として「ヘルパーズハイ」になる（いわゆるランナーズハイの人助け版）。すなわち幸せな気持ちになり、快感を覚えるのである。このように人助けは他人を喜ばせるだけでなく自分自身にも大きなbenefit（恩恵）となって返ってくる。これが「為己為人の真髄」であり、私の信条である。

四、フィランスロピー活動は私のライフワーク

私がフィランスロピーの本を書き上げたのは三十年前、このヒポクラティック・サナトリウムの中であった。『体験的フィランスロピー』（創流出版）というその本は、当時の日本がエコノミック・アニマルと世界中から批判されているとき、企業人の私が企業の社会貢献の本を出版したということで大きな話題となった。とくに経団連（経済団体連合会、現日本経済団体連合会）が関心を示し、当時副会長だったソニーの盛田昭夫社長が企業の社会貢献の参考書として推せんしてくださったり、辛口の批評家として知られる佐高信氏も毎日新聞で好意的に取り上げてくれたりして、この種の本としては大変よく売れたことがある。

そこから私の人生が大きく変わり、電気業界の一社員にすぎなかったのが、フィランスロピーの専門家として東京大学医学部の研修医特別講師、上智大学非常勤講師として招かれ、さらに川崎医療福祉大学教授、岩手県立大学教授、日本社会事業大学特任教授兼理事、兵庫大学エクステンションカレッジ講師にも招聘された。大学以外では、東大病院ボランティア代表、日本福祉囲碁協会長を務め、現在では、千葉県市川市社会福祉協議会特別相談役、沖縄県宮古市雇用保護司会顧問、社会福祉法人奉優会理事、大和証券福祉財団評議員、東京都市大学付属等々力中学・高等学校評議員、NPO法人健生会顧問、健康生きがい学会理事、車両競技公益資金記念財団評議員、鹿児島県さわやかボランティア顧問として活動している。

現在私が最も力を注いでいるのは、「ナベさん元気湧くわく講座」である。都内十カ所の高齢者センターで月に各一回（二月と八月はお休み）の合わせて毎月十回、年間で合計百回開催し、二〇一六（平成二十八）年に十年目で「一千回記念大会」が開催された。そこで私が講演と落語をし、「ありがとう感謝」の歌で締めくくったが、これが私のフィランスロピー活動における最高の感激の一瞬で、まさにフィランスロピーの「報酬は感動である」ことを実感した。

ところが、この大会に前後して思いがけぬ出来事に遭遇することになった。まさに「人生万事塞翁が馬（人生の幸不幸は予測できぬことのたとえ）」である。それは講演の帰りのこと、羽田空港で突然激痛で歩けなくなり、救急車で病院に搬送されるという事態が起こった。原因は脊柱管狭窄症。そのうえ膝の半月板断裂も同時に発症し、二カ月ほど松葉杖の生活を強いられることとなった。さらにその頃、長男を脳梗塞で、妻も癌で亡くすという思わぬことに出逢い、悲嘆のどん底に落とされた。

そのとき私を助けてくれたのは、坂村真民の「かなしみを／あたためあって／あるいていこう」という詩である。それは、「かなしみはいつも噛みしめていなくてはならない」「かなしみはわたしたちをささえている幹」「かなしみはわたしたちを美しくする花」という内容だが、真民は「かなしみ」をすべて取り去って生きるのではなく、「かなしみ」を自分の体の中に湛えて生きてゆけと教えてくれている。また、悲しみは相手の悲しみに共感して「相手を思う気持ち」を持つことができるような、他人への配慮の力を与えてくれた。

そして私自身驚いているのは、この悲しみがあればこそ、なお一層フィランスロピー活動を続けていこうと決心したことである。人生の苦しみを味わっている人や悲しみにくれている人、目標を失っている人に、フィランスロピーの根本を語り勇気づけたい、元気づけたい、とくに高齢者に語りかけたい、という気持ちが高まってきた。私にその力があるとは思えないが、「八十四歳まで生きてきた」、「いろいろ楽しいこと悲しいことを経験してきた」、「企業人生活を送り国際社会で働き老人ホームでの仕事も経験」し妻子も亡くした。そこから立ち上がってきた経験が少しでも高齢者のお役に立つのであれば、「ナベさん元気湧くわく講座」を身体の続く限り続けていこうと決意した。これが人生最後のライフワークとなろう。次の最澄のことばの実践である。

「一隅を照らすもので私はありたい」。私の受け持つ一隅がどんなに小さな、儚いものであっても、悪びれずひるまず、いつもほのかに照らしていきたい。

五、素晴らしい人との出会いの幸運を嚙みしめ、感謝して大切に交わる

この地球に生まれて出会った人々を思い浮かべてみる。まず父母、妻、長男。仏壇の写真を見ながら、こういう人に出会った運命をしみじみ考える。そして私を助けてくださった人々、快く交際してくださった人々を思い浮かべつつ、これらの人との出会いが私の人生を楽しく有意義にしてくれたと痛感し、感謝してもしきれない。楽しい人生は良き出逢いに尽きる。今後もこれら友人（私のナベ友）と礼を失することなく交際を続けてゆきたい。

六、趣味を深めボランティア化する

「仕事が趣味」という人がいるが、人生を深く楽しむには仕事以外に自分を夢中にさせるものがあるほうがいい。また趣味の楽しみ方として、一つのことのみを深く追求するやり方もあるが、素人には限界があり、あるレベルでストップする。囲碁ならば初段くらいまで頑張って昇段すると、囲碁の深さ楽しさがわかり人に教えるボランティアができるレベルになる。しかしそれ以上になるには時間もかかるし、才能の問題もある。私は現在五段で福祉囲碁協会に属し、練馬区地域福祉支援センター「キララ」で障害者に碁の指導（ボランティア）をしているが、実に楽しい。囲碁は年をとっても、金がなくても、雨の日も一人ででき、内容もきわめて深い。この趣味は男女を問わずすべての人にお薦めしたい。

次の趣味はゴルフ。熱海ゴルフ倶楽部で一人でプレーしていることが多い。一人は孤独だと思えば悲しいが、独りは自由だと考えれば楽しい。誰にも気を遣わず、スコアよりも運動を目的としてプレーしている。雨が降ってきたらそこで中止し、温泉に入って食堂でとろろそばを食べ、ビールを飲んで市内の碁会所へ直行する。そこでは碁敵《ごがたき》が待っていて、終わってから一杯飲みに行く。歌でも歌って帰宅する。そんな日は心底幸せを感ずる。

歌も好きで、スナックでよく歌う。たかたかし氏（作詞家）や弦哲也氏（作曲家）と会う機会があり、お二人がつくった歌（たとえば「人生かくれんぼ」など）を歌う。また講演会の最後は必ず名曲を用意し、聴衆と一緒に合唱する。歌うことで一体感が出るし、歌うことは喉の運動にもなり、高齢者にはとくに勧めたい。

他方、社会人落語家三遊亭大王として落語の練習をする。落語はユーモアがあり練習すればするほどうまくなり、話術の勉強になる。そして国立演芸場などに出演し、お客さんが大いに笑ってくださったときは嬉しくて「万歳」と心の中で叫ぶ。敬老大会に呼ばれることも多く、これらは落語のボランティア化である。

アメリカの心理学者アブラハム・マズローの欲求段階説では、その五段階目、人間の喜びで最大のものは自己実現であるとされるが、趣味といえども人が喜び賞賛するレベルに達したときは名状しがたい喜びが湧き、幸せと感ずる。どの人も自己実現し賞賛されたいのである。それが幸せの大きな要素になっている。

アリストテレスの分類によれば、人間の幸せには二種類あるそうだ。それは「ヘドニックハピネス（快楽的幸福）」と、「ユーダイモニックハピネス（安寧的幸福）」である。

「ヘドニックハピネス」は個人的快楽が満たされる幸福感、たとえばおいしいものを食べる、心地良い音楽を聴く、美しい絵を見る、旅行する、映画を観る、恋をする、スポーツをする、そして勝負に勝つ、快適に眠るなど、本能的な欲求を満たした状態である。

一方「ユーダイモニックハピネス」は、自分が人のため世のためになる仕事もしくは行動ができたと思うとき、そして人に感謝し、感謝されるときに味わう幸福感である。ボランティアやフィランスロピー活動がこれにあたる。ヘドニックハピネスは短期的利己的な幸福であり、ユーダイモニックハピネスは長期的利他的な幸福である。

ヘドニックハピネスだけの追求はいずれ虚しさを感じたり、健康や人間関係を損なう場合がある。またユーダイモニックハピネスのほうは、宗教家は別として、一般の人がこれのみをあまりに追い求めることは無理がある。

重要なのはヘドニックハピネスとユーダイモニックハピネスのバランスで、私としては五十対五十、つまりヘドニック的行動とユーダイモニック的行動の間で五分五分の時間配分をとって生きていきたい。落語を楽しみつつボランティアで人を喜ばせ、囲碁を楽しみつつボランティアで人に教えていくという、趣味のボランティア化を実践しつづけたい。

七、人生の最終章で必ずやっておきたいことを記しておく

① アメリカに住む長女とその夫、孫に会って乾杯したい。娘はアメリカ人と結婚し、現

地で看護師をしているが、数日前電話で「ワシントン病院でコロナ患者担当になった」と言ってきた。非常に心配で、無事を祈るばかりだ。自分の足で歩けるうちに最後のアメリカ行きを計画し、私にフィランスロピーを教えてくれたジョー・アトキンズ氏とその友人たちにも会いたい。

② 財産をチェックし、印鑑や権利書をまとめておく。具体的にはきちんと覚書を残し、それを渡す人を決めておく。万一の場合の連絡先をはっきりしておき、不動産の処分の準備をする。

③ 「さよならレター」（最後の手紙）を準備しておく。私の年齢になると、何度電話しても通じない友人が出てくる。そして独り者の場合、まったく確認ができない（ほとんどの場合は亡くなっている）。私も独り者であり、万が一のことがあっても自分で連絡ができないので、関係ある団体や友人に迷惑をかけることになる。そこで今から次のような「さよならレター」を用意して、定期的に来てもらっているヘルパーに、万一のことが起こったときこの手紙を投函してくれるように頼んでおく。

その文面は、

「突然のことだが先に旅立つことになりました。生前はあなたに大変お世話になり深く深く感謝しています。ありがとうございました。いずれ天国で再会しましょう。
さようなら（早くおいでよ）　　　　　　　　　　　　　　　　渡邊一雄」

友人たちは驚くであろうが、何の連絡も無しにこの世から去るのは申し訳ない。野村克也氏は深夜入浴中に心不全で亡くなったそうだが、家政婦が発見し、有名人なのでメディアが訃報を全国に伝えてくれた。私ごときは以上のような「さようならレター」を用意するのが最後の友人への感謝であろう。「オッ、ナベの奴、いいことするじゃないか」とつぶやいてくれたら私は天国でニヤリと笑っているだろう。

④　遺言書で遺産の行き先をはっきりさせておく。先般私と同じマンションに住む女性が亡くなった。未婚で高齢の都内のある区の元職員で、数千万円の金を残していたが、身寄りがなくまた遺言書もなかったので、全額が国庫に納められることとなった。実にもったいない金の残し方である。

私の場合はアメリカに娘がいるので、相続人がいないわけではない。彼女には若干の遺産を残し、大半は私の親しいＮＰＯボランティア関係に寄付しようと思う。ボランティア団体は運営に苦労しているところが多いから、何がしかの寄付が届けばきっと喜ぶだろうと思うと、ひそかに嬉しくなる。どこに寄付するかはこれから決めるが、私と連絡が密で、真面目だが財政的に困っている団体を優先して、遺言書にきちんと記述しておきたい。

八、身体が動けない状態になったときの対応を考えておく（成年後見制度の利用も考慮する）

具体的には、老人ホームに入るか自宅で最期を迎えるかを決めておく。自分の希望としては、最期まで自宅で過ごしたい。そのためには適切な介護士や訪問看護師を選んでおくと同時に、費用も用意しておく。

どうしても無理なら自宅を処分し老人ホームに入るが、できるなら都心の老人ホームに入り、ときどき銀座あたりをうろつきたい。今から条件の合う有料老人ホームを探しておかなければいけない。

また、認知症になった場合を想定して成年後見制度の利用を考慮しておく。みんな自分は大丈夫と思っているが、日本の認知症研究の第一人者である長谷川和夫先生も認知症になられ、認知症になって初めてわかったことが多い、とテレビで言っておられた。

八十歳を過ぎたら六十五パーセントは認知症になるという研究もある。したがって、成年後見制度の利用の仕方を考えておく必要がある。

九、ユーモアの本を上梓したい

人生の最後はユーモアにあふれる本を出したい。落語をしているとニヤリとする話が多いので、それをこまめに書き留めておく。落語家はどの人もオチで苦労している。ただし私の師匠の三遊亭圓王師匠は人間国宝の三遊亭円生の弟子だけあって、下ネタは許さない。高尚なユーモアを義務づけられているので、その点充分目配りをしなければならない。

この本が上梓されたら、今まで私が出した本の中で一番売れるかもしれない。一冊目の『体験的フィランスロピー』の末尾に「この本の利益はすべて寄付する」とけなげに書いているが、このユーモアの本の利益も全部寄付したい。

十、人生に納得感をもって感謝し、最後は「ありがとう」の言葉でこの世を去りたい

納得感というのは、私のバケットリストをできるだけ実現して思い残すことなく人生ドラマの幕をおろしていく、ということ。最後の言葉は「ありがとう」と決めている。

いろいろと挙げたが、この十項めが一番重要で、大きなものである。

私も日本人男性の平均寿命はすでに突破したが、「人生百年」と考えるとまだ十五年ほど

あることになる。自分が何歳で死ぬのかは誰にもわからない。しかし、常にそれを意識して、いつ死んでも悔いのない人生だったと思えるようにしたいものである。八十四歳の今、次の詩を唱えつつ本書を閉じることにしよう。

「そういう者に私はなりたい」

老いにも負けず
病にも負けず
寂しさにもひとりの孤独にも負けず
ジョークとユーモアを持ち
欲はなく
決して威張らず
人の喜ぶ姿を見て自分が喜ぶ
毎日、適度な運動と

栄養バランスのよい食事と
十分な睡眠を摂り
日々、生かされていることに
感謝し
そして忘れず

常に前向きな姿勢と
寛容と謙虚さと笑顔を保ち
趣味を深め
社会貢献活動《フィランスロピー》に励み
より人を愛し
病に倒れたときは
今は我慢でいつかは笑うと耐え
息子や妻、愛する人との
別れの悲しみはやさしさに変え

ちょっとした冒険心と
人生の目標と夢を持ち
よく生き、よく死ぬ
そして最後の言葉は
「ありがとう」

そういう者に私はなりたい
サウイフモノニ　ワタシハナリタイ

参考文献

孤独で自由な時間

4　坂村真民『坂村真民一日一言』致知出版社

人に喜ばれる人生

13　渡邊一雄『体験的フィランスロピー――報酬は〝感動〟』創流出版
17　幸田露伴『努力論』岩波文庫
18　幸田露伴『努力論』岩波文庫
21　NHKハイビジョンスペシャル　BS20周年ベストセレクション『世紀を刻んだ歌「花はどこへ行った～静かなる祈りの反戦歌～」』（二〇〇九年九月五日放映）
23　坂東忠信『いつまでも中国人に騙される日本人』ベスト新書
24　博学こだわり倶楽部編『関西人と関東人の味の違いに驚く本』河出書房新社

どう老いる？　どう生きる？

26　永六輔『大往生』岩波新書
藤原智美『暴走老人』文藝春秋

アンドレ・モーロワ、中山真彦訳『私の生活技術』講談社

根岸鎮衛、鈴木棠三編注『耳袋』全二巻、平凡社東洋文庫

29 アンドレ・モーロワ、中山真彦訳『私の生活技術』講談社

安西篤子『老いの思想――古人に学ぶ老境の生き方』草思社

30 ビートたけし「友達」

藤原智美『暴走老人』文藝春秋

31 フィリップ・チェスターフィールド、竹内均訳『わが息子よ、君はどう生きるか』三笠書房

32 フィリップ・チェスターフィールド、竹内均訳『わが息子よ、君はどう生きるか』三笠書房

34 五木寛之『林住期』幻冬舎

35 渡辺弥栄司『125歳まで、私は生きる！』ソニー・マガジンズ新書

今は我慢でいつか笑う

37 石原慎太郎『老いてこそ人生』幻冬舎

石原結實「石原式『朝だけしょうが紅茶』ダイエット――7日間、体を温めて水を出す」（PHP文庫）

石原結實『家庭でできる断食養生術――やせる、きれいになる、病気が治る』（PHPエル新書）

38 中野孝次『生きて今あるということ』海竜社

39 正岡子規『病状六尺』岩波文庫

40 井上馨監修『腰痛――自分のタイプを知ることが治療の第一歩』双葉社

黒田栄史監修『徹底図解　くび・肩・腕の痛み――うっとうしさを取り去る』（目でみる医書シリーズ）法研

生の中に死もある

44 養老孟司『バカの壁』新潮新書
47 新潮45編『生きるための死に方』新潮社
48 新潮45編『生きるための死に方』新潮社
『西行と兼好――乱世を生きる知恵』ウエッジ選書

笑いのフィランスロピー

50 外山滋比古『ユーモアのレッスン』中公新書
福田健『ユーモア話術の本』三笠書房
坂信一郎『ユーモアスピーチの達人』ＰＨＰ研究所
51 外山滋比古『ユーモアのレッスン』中公新書
福田健『ユーモア話術の本』三笠書房
松田道弘『ジョークのたのしみ』ちくまブックス
早坂隆『世界の日本人ジョーク集』中公新書ラクレ
52 『一個人　特集「落語超入門」』ＫＫベストセラーズ
53 桂枝光＋土肥寿郎『ちりとてちんの味わい方　桂枝光の落語案内1』寿郎社

人生百年時代のバケットリスト

55

石原結實『「感謝」と「利他」の心が人生を幸せにする』ビジネス社
三遊亭圓生『噺のまくら』小学館文庫
週刊文春編集『私の大往生』文春新書
西澤孝一『かなしみを　あたためあって　あるいてゆこう――心に光を灯す真民詩の世界』致知出版社
橋田壽賀子『安楽死で死なせて下さい』文春新書
長谷川和夫＋猪熊律子『ボクはやっと認知症のことがわかった』ＫＡＤＯＫＡＷＡ
帚木蓬生『老活の愉しみ――心と身体を１００歳まで活躍させる』朝日新書
半藤一利＋池上彰『令和を生きる――平成の失敗を越えて』幻冬舎新書
樋口恵子『老～い、どん！――あなたにも「ヨタヘロ期」がやってくる』婦人之友社
マルコム・カウリー、小笠原豊樹翻訳『八十路から眺めれば』草思社文庫
矢作直樹『長生きにこだわらない――最後の日まで幸福に生きたいあなたへ』文響社

渡邊一雄（わたなべ・かずお）
一般財団法人健康・生きがい学会理事　兵庫大学エクステンション・カレッジ講師　ＮＨＫ文化センター講師　日本フィランスロピー研究所長
前職に日本社会事業大学理事・大学院特別客員教授

＊

1936（昭和11）年生まれ。一橋大学法学部卒業後、三菱電機株式会社入社。三菱電機菱電貿易（香港）社長等を歴任後、マサチューセッツ工科大学スローンスクール修了。1983（昭和58）年には三菱セミコンダクターアメリカの社長として渡米、「フィランスロピー」との運命的な出会いを果たした。その多大なる地域貢献により、ノースカロライナ州ダーラム市から「名誉市民」の称号を授与され、87（昭和62）年に帰国。以降、三菱電機営業本部顧問となり、経団連社会貢献委員会、経済企画庁国民生活審議会、厚生省中央社会福祉審議会等の委員を務める（団体・組織名はいずれも当時）。

三菱電機退職後も、全国社会福祉協議会ボランティア振興企画委員、東大附属病院にこにこボランティア代表世話人、日本福祉囲碁協会会長、世田谷区生涯現役ネットワーク会長、世田谷区特別養護老人ホーム「等々力（とどろき）の家」の常任理事施設長を務め、年間100回以上の講演で全国を飛び回る。1999（平成11）年、岩手県立大学社会福祉学部教授兼国際社会人教育センター長に就任。さらに東京大学医学部研修医講師、川崎医療福祉大学教授、上智大学、琉球大学の非常勤講師、札幌市シニア大学専任講師を務めた。

頭記の職務のほか、熱海囲碁協会理事、社会福祉法人奉優会理事、NPO法人健生会顧問、株式会社ナチュラル顧問、市川市社会福祉協議会特別相談役、全国結婚・家庭未来塾理事、車両競技公益資金記念財団評議員、大和証券福祉財団評議員、東京都市大学付属中学・高等学校評議員、一橋大学基督教青年会評議員、全日本大学開放推進機構相談役として、大学開放と高齢者の生涯学習事業に力を注いでいる。日本笑い学会会員。

企業・社会・家庭・アカデミズムの視点で、フィランスロピー・ボランティアを語れる数少ない人材として、国内外で高い評価を得ている。

また、社会人落語家・三遊亭大王として国立演芸場などの高座に上る。

著書に『体験的フィランスロピー』『社会貢献イキイキ講座』（創流出版）、『遠くない定年・近くない老後』『脱会社人間のすすめ』『新しいボランティアひろがるネットワーク』（いずれも共著、ミネルヴァ書房）、『日本型経営と国際社会』（共著、岩波書店）、『ボランティア新世紀』（共著、第一法規出版）、『働きはじめたサラリーマンシニアたち』（共著、シニアプラン開発機構・編）がある。

追記／九月四日、聖路加国際病院に急きょ入院となった。ギラン・バレー症候群に罹ったのだ。

人工呼吸器を着けられ、口もきけない。目も見えない。水も飲めない。九死に一生を得て、なんとか生き延びているのは、聖路加国際病院の医師や看護師による、すばらしい医療・看護態勢のおかげだ。感謝したい。

ただ、入院生活も二カ月以上に及ぶと、不安になる。そんな時は病室に居ながら俳句を作る。すると、生きている自分を実感できる。シャバに戻り、友人と食悦（食べ歩き）する夢をみる。

リハビリに　願をこめる　神無月　　一雄

リハビリや　秋空酸素が　大御馳走　　一雄

やっと見つけた手ごたえのある生き方

人生百年時代のバケットリスト

二〇二一年一月二九日　初版第一刷発行

著　者　渡邊一雄

発行所　株式会社はる書房
〒一〇一－〇〇五一　東京都千代田区神田神保町一－四四　駿河台ビル
電話・〇三－三二九三－八五四九　ＦＡＸ・〇三－三二九三－八五五八
http://www.harushobo.jp/

装　幀　ジオン　グラフィック（森岡寛貴）
挿　画　小森　傑
組　版　閏月社
印刷・製本　中央精版印刷

ISBN 978-4-89984-184-5　C 0036